品讀文化
鬼影幢幢七月天
「陰曹地府，有去路，無來路。」
千萬不要在一個人的時候看，否則後果自行負責。
突然出現了很多「人」……
他們面無表情，頭髮凌亂，有的身上佈滿了血跡，
有「人」拿著自己的手指，一個一個地數著，再一個一個放到原位，
可是怎麼也接不上去，老是掉地上，撒了一地……
鬼古人——著
MOMOLi——繪

屍驗

目錄

1 夜半幽靈

她打開窗子，沒有看見人，便再關上窗子想回去睡覺，忽然，談話聲又起，好奇的媽媽這次索性打開門查看，還是沒人！她起了一陣雞皮疙瘩，便急忙上床睡覺。後來這位媽媽在眾人前說起這事，當時幫這兩位小朋友超渡的師公表示，這是牛頭馬面來陽間點名，說得在座的人都噤若寒蟬，不敢多問。

2 不安的靈魂

我看見了什麼？

在那一頭，就在那三個字的門前，老人俐落地站著，旁邊陸續地出現了很多人，有小孩、婦女、老人、還有孕婦……他們都面無表情，有的頭髮凌亂，有的身上佈滿了血跡，有的頭上沒有頭髮，甚至有的頭皮也沒有了蹤影，有的還在滴著一些血黃的水，還有一個更加恐怖：拿著自己的手指，一個一個地數著，一個一個地放到原位，可是怎麼也接不上去，老是掉地上，撒了一地……

CONTENTS

屍殮

目錄

3 鄉野怪事多

因為家裡經濟條件差，我岳父就拒絕就醫，在家裡靠中藥維持生命，其中好幾次陷入昏迷時，大家都擔心他是不是不行了。就在那一天早上，天剛亮，村子裡一個老人起來到河邊放牛，就看見我岳父的魂，只有上半身，戴個鴨舌帽，提個籃子從河對岸，輕飄飄的往自己村子裡走。

CONTENTS

屍驗 目錄

4 農曆七月鬼事多

中元普渡這一天，鬼魂幾乎傾巢而出，無所不在，尤其是普渡法會的現場，肯定是「鬼」滿為患。所以在中元普渡時，最好謹言慎行，除了忌說「鬼」字之外，也別口不擇言胡亂說話，小心鬼魂就在你身邊！

CONTENTS

1

夜半幽靈

她打開窗子，沒有看見人，便再關上窗子想回去睡覺，忽然，談話聲又起，好奇的媽媽這次索性打開門查看，還是沒人！

她起了一陣雞皮疙瘩，便急忙上床睡覺。後來這位媽媽在眾人前說起這事，當時幫這兩位小朋友超渡的師公表示，這是牛頭馬面來陽間點名，說得在座的人都噤若寒蟬，不敢多問。

書店奪魂女

據我所知，有新竹火車站附近一個地方蠻恐怖的。如果你從火車站出來，朝你的右手邊走，有一個三叉路口，其中一條路上面有好幾家補習班，補各式各樣的東西，比較大宗的是升研究所的補習，一班都一兩百人擠一間小教室，晚上十點到十點半就會有一群學生像洩洪一樣從補習班走出來。

那附近的店也差不多就開到那時候，有一個賣宵夜的攤販會等到十一點，做完學生的生意才走。以前我也在那邊補過習，補習班有一個教電子學的叫孔某某的，是出了名的會拖，暑期班他拖到十一月才教得差不多，為了趕課常常一上上到晚上十二點，還有到凌晨一點多的記錄。大部份學生都是騎機車回清大或交大，機車停的地方分佈在補習班四週，很多人怕被偷都停在暗巷裡，半夜要去牽車就很困擾了，因為大部份的巷子都沒燈，常常被睡在車上的貓或狗嚇一跳。

不過，最可怕的還是傳說中的金某堂書店女孩，這是非常有名的連鎖書店，通常到了深夜十二點都會看到一個二十歲左右的女生站在已經打烊的書店門口，穿著漂亮的洋裝，模樣像是一般年輕的上班族，感覺上不是特種行業。因為新竹的治安不好，讓人家看了不禁擔心她的安全，可是幾乎每次拖到半夜才下課都會看到，也看過計程車司機來招客，她好像是要等人似的從來不上車。

有時候補習完時間很晚，到一點多時會沒看見她，原本大家想說她可能是常常加班，在那等家人來接吧！可是後來補工程數學時比較早下課，就會去那攤賣宵夜的買東西吃，後來吃久了跟老闆也有點熟，有時候會聊天，有一次我同學就問老闆有沒有看過那個女生，老闆臉色一變，告訴我們說別靠近她。

老闆說，以前他做生意也想多賺一點，就會賣到一兩點才收攤，不知道什麼時候開始晚上就會有個女孩在書店前出現，他倒也沒什麼好奇心，只覺得那女孩半夜在外面有點危險，也沒注意到她大概都什麼時候走的。雖然那附近常常出現喝醉酒的醉漢，不過那女孩似乎也沒有被騷擾過，直到有一天他注意到有一個騎重型機車的男子好像過去跟她搭訕，他怕她被騷擾所以特別注意。

一開始那女孩都不理會那機車男，不過後來她卻上了他的車。

老闆基於擔心她的安危，特別記下了那個男的車牌。隔天，報紙上就刊出了那輛機車的車禍報導，車主當場死亡，不過並沒有關於那女孩的報導。

老闆有點害怕，不過那天生意照做，半夜那個女孩又出現了，老闆告訴自己說，也許是那個男的送她回家後才出事的，不過這一晚他特別注意她的一舉一動。女孩還是一樣，一個人孤零零地站在書店前，任誰都會替她擔心會遇到壞人。過了一會兒，又來了一個開轎車的男子打開車窗想和她說話，她撇過頭去不理那人，轎車裡的男人下了車，纏著女孩說了一大堆話，半邀半強迫的拉了她上車。這一次，老闆當然也記下了車號。不出所料，那輛車從竹北大橋上掉到三十公尺深的河床上，隔天才被發現，車上的駕駛早已斷氣多時，仍然沒有關於那女孩的報導。

從此，老闆就準時十一點收攤，而我們也寧願把車停到比較遠的巷子，再也不敢把車停到書店那一邊了。如果你半夜有空，可以去看看，不過最好不要讓她上你的車。

公車上的女孩

記得那一天早晨，我搭上了公車，無意間，看到了一位與我就讀同一所高中的女同學，我看了她一眼，立即被她吸引住了，長短適中的秀髮，明亮的一雙大眼睛，相信誰見了都會忍不住多看一眼。當我盯著她時，無意間被她發現了，於是我倆都不好意思的低下頭來。

後來，我每天上學時都會算準她上公車的時間，以求能多看她一眼。經過了差不多一個星期左右，奇怪的事發生了，每天都沒看到她。又過了兩個禮拜，我又再度看到她了，不過這一次見到的她卻是兩眼無神，面色蒼白。更奇怪的是，她居然都沒有在平常習慣的地點下車。往後的幾天，都是同樣的情形。

一天晚上，我補完數學餓到不行，先跑去大吃了一頓，吃完已經是八點多了。我搭上回家的公車，一上車，我又看到了那個女孩，面無表情的坐在最後一排。我因為一天下來有點累，吃太飽又有點睏，找到座位一坐下沒多久便睡著了。突然，我從睡夢中醒來，感覺呼吸不太順暢，眼睛只能微微的打開，叫也叫不出來，我感到很害怕，索性閉上眼睛。奇怪的是，一閉上眼睛，不舒服的感覺就不見了。

在隱隱約約中，我感覺要到站了，就鼓起勇氣睜開眼睛，還好居然沒事，不過有一件事又讓我傻了眼，我看到了一個男的正掐住那位女同學，而她則一直掙扎呼叫著。離譜的是，司機根本不回頭看到底發生了什麼事，於是我跑到司機面前跟他說後面有人在打架，我們兩個同時往後看，頓時我汗毛直豎，我只見那個女同學，還安安穩穩的坐在後面，以一種奇怪的眼神向我望來，而那個男的，早就不見了，我頓時魂飛魄散，趕快叫司機停車。

我衝下了車子，拼命一直往我家跑，突然我又看見前方有一個人，蒼白的臉龐，噢不！又是她！正好擋在我前面，我兩腿發軟，跪到地上，閉起眼睛直念：「妳要什麼我都給妳！我倆無冤無仇，妳又何必呢？」

奇怪的是，我一念完，恐懼消失了，睜開眼睛她也不見了。我一顆心七上八下，提心吊膽走回到家。

隔天是星期天，我突發奇想，想去查查看，於是找了幾位朋友到處問一問。有一位朋友問出來了，聽說她幾個禮拜以前，在公車上被一個男子勒死了。我聽到此事時，無意間又嚇出一身冷汗。到了晚上，我躲在家中不敢出去，突然聽見有人上樓，又是一把冷汗，奇怪的是我彷彿看見了她，又好像沒看見，那時我也無法形容。感覺到她走到我身邊，流著眼淚，說了一些似有似無的話，不過我卻聽得懂大意如下：「真是對不起，讓你精神大受打擊！其實當我還活著時，第一次見到你，就喜歡上你，不過我現在已經……」

講到一半，突然我恢復清醒，從此以後，不管在白天或深夜，在路上或公車上我都再也沒有看到這個女孩。

把頭拉出來

這是一件真人真事，是我一個學弟告訴我的，希望能讓大家引以為鑑。

先說明一下他們的宿舍，他們的宿舍是新式的，床在書桌和衣櫃上的那種，進門之後左右各兩床，兩床是相連的。

阿正是我學弟的同班同學，和其他三個同學住在一間寢室裡。三個同學中，除了俊哥以外，阿雄及睡隔壁的小陳生活習慣都很糟糕，平時東西喜歡亂擺不說，腳臭汗臭無一不有，特別是他們晚上睡覺都會打呼，打呼聲還非常大聲。

對此，阿正雖然心中不爽，但也不能說什麼，期末考前幾天的一個晚上，阿正被如雷貫耳的打呼聲吵醒了，想想期末考要到了，還不能好好睡覺，不由得心中一把火。小陳是大忙人，常常有電話找他，而且小陳平時關門、關衣櫃、抽屜時常很大聲，不論是有沒有人在睡都一樣，阿正常常被他的電話聲和噪音吵得不能睡午覺，也告誡了他很多次，可是小陳總是應一應，下次又一樣了。

這天晚上阿正一想到這些事，真的是非常的生氣，他用力的用腳踱了踱床板，示意給小陳和阿雄知道，阿雄似乎被這聲音吵醒而知道了，便不再發出打呼聲。可是小陳的打呼聲可怕地比阿正的踱床聲還大，小陳不但沒醒，還打呼打得更大聲了。

阿正決定要整整小陳，他從衣櫃中拿出萬聖節時學校辦化裝舞會用的怪物頭套，準備好好捉弄他一下。在關了燈的時候，睡到一半看到這種平時覺得可笑的東西，大概誰都會嚇到吧！於是阿正就帶上頭套，從他的床爬到小陳的床上並躺在小陳的內側。

床並不大，所以小陳很快地便發現身旁有人，他睜開眼睛一看，立刻大叫一聲，嚇得往後彈開，這一嚇，便頭下腳上的掉到床下了。床不算很高，大約兩公尺，可是一個人在睡夢中全身放鬆，頭下腳上的掉到床下，當場脖子縮短了一節。

阿雄和俊哥被他先前的驚叫聲嚇醒，阿正則是得意地脫下面罩，跳回自己床上。有人趕快把燈打開，三人皆愕然，小陳的脖子幾乎不見了，口吐白沫，四肢還在抽搐，和電影中一模一樣，張開的雙眼佈滿憤怒的血絲，不停流眼淚，直到舍監和救護人員到場，小陳的眼睛沒闔過，眼淚沒乾過，流到後來，淚水混著血水繼續地流。

闖禍者阿正嚇得臉色發白，阿雄和俊哥也沒好到哪去。警方勘查一下小陳的床鋪，問了問筆錄便走了，搞了半天，叫聲被解釋成掉下時所叫的，警方認為是床沿擋板太低，同學翻身掉了下來。

校方運用關係壓下了整件事，並發下三個大紅包做壓驚費，其實是遮口費吧！學校說，為了不妨礙警方調查，在真相未弄清楚前，請同學不可以亂說話，否則一切依法處理。

三個受了極度驚嚇的同學被這麼一說，誰也不敢有意見。工友來釘高了擋板之後，折騰一天的三個人上床倒頭就睡了。這一天晚上，少了小陳的酣聲，寢室真是異常寧靜。阿雄半夜尿急，爬下床要上廁所，才下床就被絆了一跤，整個人躺在地上，冰冷的冬天，冰冷的地板，把阿雄整個人凍醒了。

他想爬起來，卻又滑了一跤，地上黏黏的，好像有水，阿雄咒罵了一聲，忽然背後傳來一個輕輕的聲音，好熟悉，好冰冷，像是在哀求，應該說是淒厲吧！他還趴在地上，突然見到一張臉出現在他面前，黑暗中一雙血紅的眼睛瞪著他。

「嗚——幫我把頭拉出來好不好？」那個人正是小陳，只覺一滴滴腥臭的黏液流到臉上。阿雄沒命地大叫，俊哥立刻下床開了燈，見到阿正倒立在地上，脖子幾乎不見了，口吐白沫，四肢仍在抽搐，和小陳一模一樣，張開的雙眼滿佈恐懼和血絲，不停地流著眼淚。

警方事後勘驗現場，發現阿正的床上枕頭邊放了一個怪物頭套，猜不出是誰在惡作劇。目前，阿雄在心理治療中心療養，拒絕接受一切訪客見面。俊哥辦了休學回家調養。

我學弟和俊哥是死黨，俊哥做人溫和，功課不錯，不是會亂開玩笑的人。我學弟事後去他家探視時，他睡在父母的房間，母親一直陪在身邊。他說出此事時，聲音還不斷發抖。當天晚上，他說他也聽到小陳的那句「幫我把頭拉出來好嗎？」只是嚇得不敢動而已，直到阿雄的驚叫聲把他嚇得立刻跑下床來開燈。

元神

你相信人有所謂的「元神」嗎？這個故事裡提到的現象，讓人既迷惑又好奇，或許真的有這麼回事吧！

如如今年十九歲了，長得漂亮動人，而小時候的她也是這般人見人愛，宛如洋娃娃般的小女娃，更是全家人的心肝寶貝。以下是發生在她身上的故事。

在如如出生的那年，她的堂弟東東也出生了。那幾年裡，對兩個小孩子的奶奶而言，能夠看著東東、如如兩人手牽手在大廳川堂間跑上跑下，聽聽兩小無猜的童言稚語，該是奶奶生活中最大的樂趣與安慰吧！

小時候或許家境不是很好，奶奶又是節儉成性的人，所以家裡任何器物一定是已壞得不能再壞，真的完全不堪使用了，奶奶才捨得丟棄。

那一次，家裡的老爺冰箱不知又哪裡不對勁，開始罷工了。找了電器行來看看，總是維持不了幾天又依然如故，儘管兩個人的媽媽們怨聲連連，奶奶還是說：「修一修，還可以用嘛！」後來，電器行說要運回店裡總體檢，所以派了一輛車來，就把老爺冰箱帶回去了。

大概修了一星期左右吧！那天在前院玩耍的如如，看見冰箱回來，興奮得一路咚咚咚跑進廚房，嘴裡還嚷嚷著：「媽媽！媽媽！冰箱回來囉！如如可以吃冰了。」六歲的小孩也跟著人家瞎忙，小小的身影在前廳、廚房衝進衝出的。

待一切都就定位，電器行的人走了，媽媽和嬸嬸滿意的開始張羅午餐，如如也安靜了下來。當媽媽和嬸嬸扯開嗓門大喊：「吃飯啦！」平日和如如形影不離的東東卻一個人跑進飯廳，媽媽奇怪的問道：「東東，如如呢？叫如如吃飯呀！」東東卻噘著嘴說：「姆姆，如如在睡覺，我叫她她都不理我，我不跟她玩了啦！」媽媽走進客廳，看見如如蜷窩在客廳長椅上，似乎睡著了。

媽媽以為她玩得太累了，嘀咕著：「怎麼現在睡覺，要睡覺也要吃過午飯才能睡呀！快起來吃飯。」好不容易把如如拉進飯廳，勉強吃了兩口飯，竟又全都吐了出來，然後身子一軟連坐也坐不穩了。

媽媽抱起如如，一時著慌得不知如何是好。奶奶看了這情形，很有經驗地說道：「天氣熱，小孩子在外面玩的中暑了。沒事，沒事，把如如抱到房裡，電風扇開著讓她吹吹，煮個青草茶喝喝，一會兒就沒事了。」

如如躺了一下午，到晚上連起床都沒辦法了。六歲的小孩，也不會說那裡不舒服，整個人軟趴趴地躺著。晚上爸爸下班回來，覺得情形不對，便把如如帶去醫院。

醫生看不出有什麼毛病，也認為可能是天氣太熱的關係，打了營養針，便又回家來休息。

第二天，情形更嚴重，不會動、不會吃，勉強灌幾口水進去，又都原封不動從嘴裡吐了出來，甚至已不會開口喊媽媽了。活蹦亂跳的一個人，突然一點生氣也沒了！這下子奶奶可慌了手腳，趕緊又把如如送進醫院。

如如成了醫生的棘手病例，既沒發燒、也沒拉肚子，沒有任何細菌、病毒感染跡象。幾項檢查做過之後，仍然找不出原因，只能在醫院裡吊點滴補充營養，因為她已無法進食。

幾天下來，如如可愛的小圓臉瘦成了小尖臉。家裡也失去了歡笑，不再有如如銀鈴般的童言笑語，她只是蒼白安靜地躺著。

奶奶每天從醫院回來，都自己坐在客廳裡掉眼淚。一天，不知那兒聽來的傳聞，說有個關帝廟靈驗得很。醫院裡的醫生都已沒辦法了，奶奶也只能把希望寄託在這些神佛上，自己一人便風塵僕僕地跑去拜拜，也問一問關聖帝君她的寶貝孫女到底是怎麼了。

乩童扶乩後，傳回了這樣的訊息：如如的「元神」在那天冰箱搬回來的時候，不慎被冰箱壓住啦！要救如如，得趕緊把她的「元神」放出來。

奶奶急急的跑回家裡，把這訊息帶回去。面對這種說法，起初爸爸當然是不信，斥之為無稽。但受不了奶奶一再地說，而且既然醫生都束手無策了，試試又何妨。所以爸爸和叔叔二人聯手把冰箱抬起，稍微挪了個位子，再把冰箱放下。該說是奇蹟嗎？當天，如如開口喊媽媽、說肚子餓了。

到了下午，她已起床和東東坐在客廳嬉戲玩耍，除了因為躺了許多天，臉色有點萎靡蒼白，她簡直已恢復了平日的模樣！奶奶愛憐的看著小孫女，不禁一臉老淚縱橫，直嚷著：「這孩子呀！我多少天沒聽見這孩子的笑聲了，關聖帝君顯靈，直是老天保佑，老天保佑！」臉上又是淚又是笑。

如如就這樣好起來了，恢復的速度驚人！從此之後，奶奶篤信關聖帝君，三不五時便要去拜拜，也搞得全家人都喝了不少香灰符水之類的東西，奶奶說關聖帝君保平安的，不吃還不行哪！奶奶會罵人的。

這個故事最令人好奇的是，「元神」被壓住時感覺如何？可惜當時如如只有六歲（虛歲六歲，實足年齡只有五歲多），對於這件事她根本一點記憶都沒有，當然說不出那時的感覺，真是可惜。

太平間奇案

我是一個在大陸經商的生意人，原本除了愛妻之外還有可愛活潑的一兒一女。

我剛到大陸時發展還算順利，可惜好景不常，最後慘遭倒閉，房子也賣了，可說是一無所有，就連一個棲身之地都難尋。

後來我想到一個醫生朋友，他應該有辦法，當我去找他時，他表示對我的事愛莫能助。經過我一再請求，他就說，如果你不怕，倒有一個地方可住。在當時的情況下，我還能挑什麼，便一口答應。原來他給我找的地方，是醫院的一間宿舍，那間宿舍是位於一條走廊的開頭，而走廊的底端就是「太平間」，而且聽說常有怪事發生。由於我和妻子並不太在意這些，所以毫不考慮就住下來。

還有一點是，廁所就在那太平間的隔壁，所以那間廁所可說乏人問津，絕少的人去上過。

剛開始住在那裡，覺得一切正常，並沒有傳說中的那麼可怕，但後來就覺得事情有些異常……晚上兩三點常常聽到沖水馬桶自動在沖水，或是走廊有聽到腳步聲，甚至房門常常被忽關忽開，但由於我篤信天主，所以一切的一切，我都不以為然，直到發生了那件事後，我不得不信邪了。

那天晚上，我兒子三更半夜想上廁所，把我叫醒，要我陪他去，我和他說：「男子漢大丈夫上廁所還要人陪，自己去！」當時我實在不應該讓他自己一個人去，我真的願意用我這一條命去換回這句話，可是一切都太晚了……（當事人說到這裡，已經哭得不能自拔了！）

後來，我兒子就自己去了，幾分鐘後我兒子跑回來，告訴我，那裡有好多鬼哦！

我說：「胡說八道，再去一次，一定是你看錯了，別找理由要我陪你去！」

不久，我也睡著了。隔天起來，我發現兒子竟然不見了，我怎麼找也找不到。我們馬上到當地警察局報案，然而孩子的行蹤依然成謎。

我快瘋了！更不可思議的，是在大約十天後，我和太太都接到我兒子的託夢，在夢裡，他一直告訴我們，他好冷好無聊，要我去陪他。

這樣的夢已經連著好幾天，我依然束手無策當我幾乎不存任何希望時，一大群人走向那太平間，說是要把一具屍體送去殯儀館，當他們進入之後，忽然一陣大叫，聲音來自太平間的管理員：「怎麼……怎麼多出來這一具不知名的死人？」我聽到之後，火速衝了進去，令我難以相信的是，這具不知名的屍體，竟然就是我兒子！啊……（這時當事人已經不能自我，痛哭流涕。）

經由法醫仔細檢查，竟找不出任何理由說出他的死因，而到底那天晚上發生了什麼事，可能也只有死去的孩子才知道。

回魂

我有早晚三柱香祭拜天地的習慣，是沿襲家傳受長輩之指派。

一日，依照傳統當我手持香柱祭拜之時，眼前所出現的事實頓時讓我無法接受。即使緊閉雙眼睛，腦海依舊揮不去如此驚嚇的景象。我再一次的揉洗雙眼，慢慢微張眼睛，使畫面清晰。這次我敢肯定眼前所出現，的確是剛過世不久的林伯伯。

記得孩提時代，最喜歡聽林伯伯講故事。而他的為人是鄉里所肯定、視助人為己任，總是無怨無悔不遺餘力。

出殯當天，幾乎出動全部鄉民為他舉行哀悼儀式，只是，當時辰已到封棺之時，棺木前林伯伯的長子連擲九筊問卜可否封棺，竟全然笑杯，只好叫林伯伯最疼愛的長孫，前來數次擲筊，但亦難擲聖筊，最後家人紛紛前來輪流擲筊，時間一刻一刻過了，里長及其好友也前來訴說些讓林伯伯安息的語詞，全然無法得到一次聖筊，尷尬場面夾帶家人哀傷聲，聲嘶力竭淚聲俱下。

時辰將過封棺之時，迫在眉睫。有人提議，不管是否聖筊一定得趕快封棺才是。此時，長子卻無意間迸出一句：「爸！是不是今天你不想出殯？」

怪的是，果然出現了「聖筊」，全場忽然鴉雀無聲，僅聽到幾個女人家的哽咽聲息，大家目光都停留在筊杯，連長子也難做出決定。

經過一番躑躅與請來道士的協調後，確定延期四天，因為四天後的時辰確實比今天要好。

三天後的早上，也是我手持香柱祭拜天地之時，竟發現林伯伯一如往常在街頭掃地，當時整個人愣住了連話都說不出來。心裡只覺得我見鬼了，數秒後，又傳來一聲尖叫，才把我震醒，卻不知手中香柱早已落地了。

當林伯伯抬起頭來看到我時，竟向我點點頭直讓我快二次驚嚇暈倒。當我完全清醒時，才得知原來林伯伯竟然復活了。

此事過後，我就去找林伯伯問他經過的始終，只是這一次所說的不是別人的故事而是林伯伯本人的現身說法：就在出事的前七天，林伯伯曾探望一位多年未謀面的摯友。

但因前往朋友住宅途中必經一座墓地，當時日正當中，林伯伯卻看到路旁有一座極為奇特的墳墓，此墳墓四周擺設八種物品且陳列均勻，遠遠望去恰似九宮格，物品上各標明不同的數字，從一到九，但卻不見五。

墳墓正上方插有一支三角黃旗，旗上寫有「一兮坎來二兮坤；三震四巽數中分，五寄中宮六乾是；七兌八艮九離門。」

墓碑上有貼相片，大約一支年的歲數。林伯伯不禁的嘆息說：「年級輕輕就這樣走了，實在可惜。」言至此，忽然間三角黃旗，竟倒下去。嚇得林伯伯拔腿就跑，口中直念「阿彌陀佛」。回家後立刻重病，病情與日劇增每況越下，如此經過四日，原本肥胖的身體已變成瘦弱的身軀，四肢動彈不得，一切瑣事均需求助他人。

隔日卻有人見他在街頭打掃，似乎病情完全好轉，但事實上卻是「迴光返照」，的確三天後林伯伯就去世了。

當林伯伯魂魄出竅那一剎那，林伯伯本人並不知道他已經離開人世間了，只是在那瞬間彷彿有一股力量牽引著他，讓他看盡了人世間想看的事、完成了一生中未完成的夢，無論眼睛所看耳朵所聽，皆是活大半輩子從未有過的經驗。

很快的已過了三天，林伯伯才漸漸感到饑渴，在挨餓受凍中卻到處找不到糧食可以充饑，只見前方有一桶清水。林伯伯立刻以雙手合攏舀水，當雙手捧著水之時，手指漸變焦黑延續至整個手掌，此時林伯伯才意識到自己已經過世了，頓時無法接受如此的事實，傷心過度喝也喝不下（據說喝下那口水就永遠不得回魂）。

林伯伯在原地靜坐了蠻久的時間，腦海裡試圖去找尋一些理由來反對老天爺對他的不公平，但是終究還是得接受這個事實。當林伯伯想到回家的時候，已經第六天了，匆匆忙忙趕回家時，卻被門神擋在門外，因為門神已經不認識林伯伯了。

當隔日的卯時正好過世滿第七天，門神才答應林伯伯入門內，剛入門時只發現門口附近有一些白米飯及一顆白蛋。林伯伯實在太饑渴了，當場把這些東西吃光光。又見到了兒孫哭哭啼啼，便向前問候安慰一番。

可惜怎麼訴說家人也都聽不到，如此場面使得林伯伯一刻也待不得，當他走出門崁之後，突然一道光茫迎面而來，彷彿被召喚似的，林伯伯不由自主的步步向前走去。

每走一步，前方的光線就越明亮，但視野卻越模糊，相對的內心就越好奇。正想加緊腳步探其究竟，卻聽到有人在後面呼喊他的名字，但回過頭怎麼瞧也沒看到。聲音越來越清晰，仔細分析才發現是上個月才往生的好友陳伯伯，陳伯伯及時出現帶他離開了光線的路徑，轉往另一方向，沿途告訴他很多陰間的事情。

就在此時，林伯伯冥冥中又聽到很多人在叫他安息，可是內心中依舊不甘心，怎也不想死。陳伯伯見他如此傷心，帶他去找一位陰差，才知原來被冤魂所纏。至雙方談好條件後，陰差便偷帶林伯伯到回生崖，叫林伯伯往下一跳，不知不覺就復活了。

此後，林伯伯就按照約定，且與道士一起到當時那座奇特的墳前誠心道歉，但是到底與陰差談了什麼條件，任何人問他都隻字不提。

夜半的呢喃聲

這是一個真實事件，事情發生的地點在臺灣北部的小鎮——瑞芳。那時我正是國小六年級的時候，當地有一個地方叫做月眉山，山上有池塘有小溪，有魚有蝦，是小朋友們非常喜歡去的一個自然天地。

某天，有一對兄弟，哥哥五年級，弟弟三年級，他們和一位隔壁三年級的小朋友相邀前往月眉山的池塘去玩。

正當他們玩得非常起勁時，突然弟弟大聲的嘶喊著：「不要拉我！」而哥哥和那位鄰居就眼睜睜的看見弟弟慢慢的往下沉，哥哥一時緊張不分青紅皂白一頭往池中跳，而鄰居小朋友也三步併成兩步狂奔下山求助。

鄰居小孩跑到火車站前急忙向人求救，當救難人員到達現場時為時已晚，只好打撈起兩具屍體，讓家人領回，而詭異的事情就這樣展開了。

兩位小朋友的媽媽突然想起了前一天深夜發生的事。應該說是當天的凌晨四點多的時候，這個媽媽因為外面的野狗一直吹「狗螺」而輾轉難眠，就起身到大廳坐了一會兒，突然之間一陣冷風吹過，媽媽感覺有點冷想檢查窗戶有沒有關好，她走到窗邊確認窗戶是關著的，同時聽到有兩個人在外面說話。

她打開窗子，沒有看見人，便再關上窗子想回去睡覺，忽然，談話聲又起，好奇的媽媽這次索性打開門查看，還是沒人！

她起了一陣雞皮疙瘩，便急忙上床睡覺。後來這位媽媽在眾人前說起這事，當時幫這兩位小朋友超渡的師公表示，這是牛頭馬面來陽間點名，說得在座的人都噤若寒蟬，不敢多問。

刑場驚魂

在中國大陸，槍斃死刑犯是公開的，可以讓人參觀。執行槍斃通常是在公開的靶場進行，每到了有死刑判決的時候，就會先貼出公告，說要於何時何地執行槍決。

我有一個大陸的朋友，綽號叫阿宏，他跟我說過一段小時候的經歷。中學二年級吧，一次得知有人要被槍斃，他因為好奇便和兩個同學跑去看。

那次執行槍決的地方，是一個民兵打靶的靶場，座落於他學校後面的山丘上，大約從學校到靶場要走三到四公里的小山丘路。

那一天，阿宏跟他兩個同學下午兩點半一下課，就跑去看槍斃場面。到了那地方，哇！好多人，雖然說槍斃人是公開的，可是行刑地方離非管制區也有五六百公尺，不過站在小山丘上看下去，整個情景還是看得很清楚。

下午三點半左右，浩浩蕩蕩的車隊將人犯押解至刑場，兩個人犯，他們的頭上都蒙上了黑布，背上也都插上了判死刑的牌子。

兩人分別被公安架了起來，看起來人犯的腿都軟了，公安踢了那人犯的腿，人犯跪了下來。拔下了那牌子，另外兩個公安舉起手槍，分別對準了人犯的後腦勺……「碰！碰！」兩槍，人犯倒了下去。

接下來法醫驗屍，火葬廠收屍，整個過程不到五分鐘。第二天是週六，下午他們沒課，就商量去那個靶場挖彈頭，反正也閒著沒事無聊。於是，三個人就展開行動。挖了沒幾分鐘就聽到山丘上傳來了有人敲石頭的聲音，「喀喀……喀……」，聲音忽大忽小，他們也沒將它放在心上，繼續挖他們的彈頭。

聲音變大了，那敲石頭的人好像向他們這裡走了過來，哇！看到他了，頭上竟然蒙了一塊黑布。哇，三個人異口同聲的叫了出來，第一個想法就是那被槍斃的人。這時，阿宏大叫了一聲：「還不快走！」於是，三人也顧不了那麼多拔腿就跑，那人也緊跟在他們後面追了過來，有點害怕的他們頭也不回，一溜煙地往前衝。

聽到那人急促的腳步聲，三到四公里的山丘路，三個人不到十分鐘就跑到了學校，翻過了學校的後牆，再回頭看，那人已經不見了影子。

從此以後，再也沒人敢提議去靶場撿彈頭了。

屍變

我原先是一個老師，家住台北市的三張犁，育有一男一女，我太太也是老師，可是自從她嫁給我以後，就辭職了。

我本身對怪力亂神之事是絕不相信，或許是做老師的矜持吧！但經歷那件事以後，我徹底覺悟了！

當時如果我不要那麼做，事情或許就不會發生了。民國五十二年的冬天，我們全家正在找房子，經由朋友介紹，找到一個在基隆的小公寓，這個公寓說差也不差，但房租卻出奇的便宜，特別的是在客廳一角還有個廢棄已久的神壇。那時經濟基礎不佳，我貪圖一時便宜便馬上說可以買。雖然隣居間傳來不少傳言，說這裡風水不好，以前常出事。當時我們夫妻倆仗著年輕氣盛，毫不理會，馬上就搬了進去。

住了不久，約一個月有吧！我兒子就突然生病了。這種病很奇怪，沒有什麼前兆，是要來就來的。

那天我一回到家，兒子就忽然像中邪一樣，在我面前打滾，口裡唸唸有詞。我不斷的問：「你怎麼了？」他始終沒有好轉。我緊張的抱著他往醫院跑，他竟然沈重到我無法理解的程度。

我沒想那麼多，到了醫院，醫生也診斷不出到底是哪裡有問題。

我醫院一家換過一家，沒有查出結果，他們一致的回答都是「從無此類病例，十分抱歉！」我恨透了這種答覆！然後，過了一天，我兒子就……死了！

這對我來說是晴天霹靂，開始有人不斷的對我說，快搬吧！這裡太危險了！

我對自己卻深具信心，收拾悲情，走出自我，日子還是要過。但是，或許這才是悲傷的開始，同樣的事發生在我女兒身上。我無法接受這樣的事實！兩個月內家裡死了兩個人，我開始對人生不抱希望了。可是我堅信科學，對大家沒根據的傳言，我絕不理會！本來和我同一理念的妻子，卻開始動搖了！

她常對我說，還是搬了吧！我也因此訓了她幾次。我說：「當老師的，怎會有此種偏差想法！沒有科學依據，怎可以胡亂相信！」

說也真巧，我女兒才死一個月，又換我太太了！她的情況和死去的兒女差不多，唯一不同是，臨死前意識較清楚，可以了解她想說什麼。就在她快死之前，鄰居告訴我要找一個廟公來看看，我馬上回絕了，我生平最不信這個了。可是我太太卻似乎在暗示我：「都快死了，就叫他來看看吧！我這一生沒要求你什麼，這算是最後一個請求了！你也不答應嗎？」

我還能說什麼啊！我一生沒給她過什麼好日子，如今卻遭此下場，我實在對不起她啊！好吧！快把那個廟公給請來。

那個廟公一到，就直說這裡陰氣好重。當時我心想，又是什麼把戲了！後來，他手拿一根棍子，雙目緊閉，口裡不知道在唸些什麼。突然，走到神壇面前說：「就是這了！」並且要我過去幫他。我想，在搞什麼啊！我們把那荒廢不用的神壇搬開，竟然聞到一股味道，就像……反正是一種不好聞的味道。

他叫我把地板挖開（屋子裡的地面是一種空心的地板，就像是電腦教室的那種），哇！竟然是一具變樣的屍體！是女屍，部份的肉已經腐爛，一團團模糊不清的肉球，但是可以由她的頭髮看出是個女的。

而且，她可能是明清時代的人，由她的穿著看出，就像電影的那種婦女。地上還有些腐水，整個畫面十分噁心！

廟公突然要我把腐水給收集起來，我覺得好噁心，也不知道要幹嘛。他很嚴厲的說：「快！你不想救你太太了啊！」我一聽到太太，什麼都不想，拿了盆子就把那些「水」給裝了起來，那廟公接著催促說：「快把它喝了！」

「有沒有搞錯啊？要我喝這個！」原來是要我太太喝。喝完之後，她就昏倒過去了。

廟公說，過幾天看看。三天後，她奇蹟般的好了起來，我實在不敢相信，竟然會有這種怪事，我也不得不信邪了！後來便沒有再發生這種事，而我們離開了這個傷心之地，另外在木柵買了棟房子，一直到現在。

鬼新娘

南部鄉下有位年輕的太太，在懷孕的時候因為生了一場重病，所以過世了，她所懷的嬰兒也因此跟著她進了墳墓裡。

不久之後，村莊裡的麗嬰房老闆常常看到一個年輕的孕婦來買很多東西，老闆只覺得這個太太有些面熟，但是想不起來到底這個太太是誰。

後來，麗嬰房的會計跟老闆說最近常常收到冥紙，但是印象中似乎沒有客人拿冥紙來買過東西，所以會計小姐只好請老闆處理這件事情。不久之後，婦產科醫生也收到冥紙。一個狂風暴雨的夜晚，婦產科醫院的急診室來了一個孕婦，他跟醫生說她快要生了，請醫生趕快幫她安排接生事宜，醫生當然義不容辭的請她馬上辦理住院。

這時候，醫生發現這孕婦走路竟然用飄的，付保證金的時候拿出來的鈔票到了自己手上馬上變成冥紙，醫生當場楞住！

孕婦卻說：「唉啊！醫生啊！不要怕嘛！人家因為寶寶還沒有出生就死了，可是寶寶沒有死，所以才來麻煩你啦！人家又不是故意的嘛！」

嬰兒出生了不久之後，這鬼太太更是常常跑到麗嬰房買東買西，聽說衛生所值班人員半夜也遇到她帶著小朋友來做預防接種！麗嬰房的老闆表示現在初一十五都不用買金紙，因為每次都收到很多。

最後，這件事情傳到鬼孕婦夫家，夫家的人都感到相當震驚，於是馬上請來土公仔，把墳墓挖開，發現鬼孕婦的身邊果然有個活蹦亂跳的可愛嬰兒。

後來，母親節的時候，鄉長提議鬼孕婦為模範母親！全鄉的人都一致贊成呢！

某年夏天

五年前的六月二十八號，天氣非常炎熱，我永遠忘不了這天……由於學校放假的小清（高二，也就是本人）和國二的小表弟志文，計畫一起到高雄找表哥明彥（工專四年級）……

「喂，是表哥嗎？我是小清啦！我和小表弟想要去高雄找你喔！」

「你們兩個小鬼，放假了喔，要來可以，不過一切都要聽我的哦！」

表哥嘲諷地說我和志文只要有得玩就好，很快就答應囉，於是和表哥約好時間，坐火車到高雄，並由表哥開車來接我和表弟，到了表哥家……

「表哥，最近有沒有什麼消暑計畫呢？」我這樣問表哥。

「你們兩個唷，真會選時間，明天要和同學到玉里溪烤肉，聽說玉里溪是以水鬼著名的，好多人不明不白就在溪裡溺水……你敢去嗎？」表哥說。

「哇！這樣你們還要去喔！膽子真大！」志文驚訝的問。

「哈，那是傳說啦，根本沒這回事的，好多人都去烤肉過的啦！」表哥說。

我說：「志文，你真是人小膽子也小耶，真有這種事，也是那些人的游泳技術太遜啦！」

志文說：「好啦，不要再說了，不然烤肉快樂的氣氛就破壞了啦！」

「嗯，你們兩個今晚要早點睡喔！明天要五點就要把你們挖起來了！你們兩個只要人去就好，不用帶東西啦！」表哥這樣消遣我們兩個白吃白喝的。

「好，都聽表哥的！」我和志文異口同聲地說，其實心裡有點不是滋味。

第二天果然一大早就被叫起床了，迷迷糊糊就到相約的地點高雄市政府前集合。表哥有五個同學要去，三女兩男，看來我和表弟志文好像是會發光的電燈泡，加我們三個有八個人分成兩輛車向玉里溪出發。大概花了一個半小時的車程，終於到了玉里溪。

「哇，好棒的景色，有石頭、有水、有樹、有山……而且好安靜哦！」志文說。

「你這不是在說廢話嗎？這裡是深山了耶！話說回來這裡的確很安靜。」我說。

「你們兩個，在這附近找一些小樹枝來，不要走太遠喔！」表哥派給我們一個任務。

「喔！好吧。」我不情願的答應了。我和表弟在這四處晃過來又晃過去，亂逛的成份遠大於撿樹枝的任務，玉里溪的風景風景雖美，可是給人的感覺並不是那麼舒服，總讓人感覺怪怪的……

「小清，你看那邊有一些紙錢，還有一個牌子！」志文大喊。

「哪裡啊？可能是人家來這裡拜拜或是掃墓的吧！」我說。

「小清！你快看溪裡有一團黑黑的不知道是什麼耶！」志文又說。

「唉唷—你真是大驚小怪耶，那是水裡的青苔啦，叫你平常多讀書就不要，沒知識也要有常識啊！」我有點煩的說。

就這樣我和表弟隨便撿了撿樹枝就回去等吃了，因為有女生在場所以男生做的是像起火、搬石頭等粗重的工作，一群人嘻嘻哈哈又唱歌又聽音樂，我和小表弟仍是大家消遣的焦點，不過由於我們年紀「小」，所以什麼事也沒做就吃得飽飽的了，這次來高雄真的是來對了。

一直到下午兩點，太陽公公一點也沒有人道精神，似乎以最大的火力在烤我們……

「小清、志文，天氣這麼熱，我們下水游泳如何？」表哥說。

「我不要，你們兩個下去就好。」志文說。

「親愛的表哥，我就在等著您這句話！」我說。由於沒帶泳具，加上在場的還有女生，所以我和表哥穿著短褲打赤膊就跳下去了……

「哇，水沒有很深嘛——而且好涼哦！」表哥說。表哥的兩個同學沒多久也跳了下來，四個男生在水裡潑來潑去，也不停往岸上潑水，我和表哥一組和其他兩個人玩騎馬打仗，就這樣玩了好久……

「你們看，水裡那團黑黑的好像離你們越來越近耶。」志文大喊。

「志文不要大驚小怪啦！」我對志文說。

「真的！你們快看。」志文又大喊，旁邊的女生也走過來了。

從我們四個人的角度根本看不到哪裡有一團黑黑的，於是我們還是不理會表弟，還往他潑水………

「真的啦！你們快點上來！」其中一位女生大喊。

「我們上去看看他們在說什麼吧！」表哥的同學說。於是表哥的同學慢慢往岸上移動，我和表哥也覺得莫名其妙準備往岸上走的時候，好像有什麼東西很用力拉住我們兩個的腳，我和表哥突然摔跤跌到水裡去，我和表哥再次用力掙扎……

「大家快到岸上去！水裡面有怪東西！」表哥大喊。

表哥的同學很快地往岸上游，我和表哥跟在後面像是在逃命一樣，用力往前游……

「哇……」我大喊，我和表哥又被抓到水裡，表哥抓住了我的身體用力把我往岸上推，他自己卻往後退去……

「快游回去……」表哥對我大叫，我拼命往岸上游，等我上岸的時候表哥在離岸上約三公尺的地方掙扎，只能偶爾看到頭和和手，並不時聽到表哥喊叫聲。岸上的人往表哥丟了一條繩子，希望表哥能夠拉到，可是我們漸漸看不到表哥了，那地方一直有氣泡和土混合冒出來。這一切發生的太快了，這時其中一位同學開著車下山求救，我們繼續在岸上喊著表哥，並一直來回拋繩子，沒人敢下水救他，我看著我的左腳有一條被拉過的傷口，似乎是被夾傷了，就這樣，一直等到救援的人來，大舅舅和舅媽也來了。

下午四點，來了好幾個消防隊員，帶著橡膠皮筏、潛水用具、長竹竿，在出事地點打撈，晚上七點，消防車的燈光和汽車車燈照亮了整個玉里溪，消防車雲梯橫越過了玉里溪，我和表弟看不到那團黑黑的了。

「是誰把這個牌子弄倒的。」一位消防隊員大罵。我和表弟驚訝的發現，岸邊那個倒著的牌子上面是寫著「暗潮危險，請勿下水游泳」。其實我明白，根本不是什麼暗潮，我們一定遇到什麼怪物了，或是我們吵到它了。

一位消防隊員過來問我們為什麼要跑到這來？不知道這裡很危險嗎？我們根本不知道該怎麼回答。我也向消防隊員陳敘了事情的經過……

「這已經不是第一次了，這水裡的東西，我們也拿他沒辦法。」消防隊員說。

晚上八點了，我們大家先被送回去了，這個地方實在不能待太久，悲傷夾雜著陰冷，打撈的行動一直持續到晚上十一點，消防隊員打算明天到下游尋找。

隔天早上，我和志文就提前結束計畫回家了，老爸聽到消息，我首先被痛罵了一頓，幾天以後聽媽媽說表哥在出事地點下游出海口的水閘門被發現，足足漂流了好幾十公里。

我永遠忘不了這一天，此後我只在合法的海水浴場或游泳池游泳，再也不敢在河邊游泳了，要是沒有遇到過，我還是一直相信自己的游泳技術，前幾天又聽到有國中生在玉里溪溺水，又讓我想起這段回憶。

2

不安的靈魂

我看見了什麼？

在那一頭，就在那三個字的門前，老人俐落地站著，旁邊陸續地出現了很多人，有小孩、婦女、老人、還有孕婦……他們都面無表情，有的頭髮凌亂，有的身上佈滿了血跡，有的頭上沒有頭髮，甚至有的頭皮也沒有了蹤影，有的還在滴著一些血黃的水，還有一個更加恐怖：拿著自己的手指，一個一個地數著，一個一個地放到原位，可是怎麼也接不上去，老是掉地上，撒了一地……

旅館鬼事

大約是在五、六年前的時候，我和以前的男朋友大吵一架之後就離家出走了，到我朋友那裡住。我那朋友住的地方其實算是出租旅館，事情就是發生在那間旅館裡。

我們是三個女孩以及一個男孩住在一起，其中有一對是男女朋友關係。有一天，我們同住的兩個女孩都不在家，只有我和那個女孩的男朋友沒出門。

我們的房間是六張床，因為人多，所以老闆就把這間從不對外開放的房間給了我們。

我就睡在對著門口的那張床上，而那男生則和我隔了兩張床。他本來在看電視，後來我就說了一句：「把電視和燈都關了吧！我想睡了。」他說好，於是就全部關掉了。

正在我準備要睡的時候，看到我對著的門口有一個人，穿了一條白色的睡裙，齊耳的頭髮，有點微胖，但是看不到臉。當時我也沒多想，以為是自己的幻覺了，就睡了。

第二天和幾個朋友提起，他們都說我是睡迷糊了，我也就沒放在心上。又過了一天，奇怪的事情又發生了，我們三個在一旁打電視遊樂器的遊戲，剩下的那個躺在床上睡著了。

不知不覺到了午夜，我們三人說不打了，準備睡覺吧！一起先去上個廁所，廁所是在我們房間外面，因為比較陰我們每次都是結伴而去。去之前我那個單獨睡覺的朋友還好好的在睡覺，等我們回來以後，就看到她在床上坐著哭。

我們急忙問她怎麼了！她說剛剛有個女人把手伸進了她的被窩，放到她的脖子上，她用力咬那雙手，結果那個女人說用力咬吧，反正不是我的手，這時候我們剛好進來，就沒事情了。

那時我們有養狗，說來也奇怪，那幾天牠每到凌晨兩點的時候準時對著窗戶吼叫。可是就在那天晚上，發生這件事以後，朋友都擠到我的床上，我們因為害怕而四個人縮成了一團，把剩下的幾個床空出來了。

那隻狗竟然衝著我朋友剛剛睡過的床，上竄下跳不停地叫，而且叫聲和平時不一樣，叫的過程中流著眼淚還夾著尾巴，好像很害怕的樣子。我的朋友自言自語說：「大姐，我們是不是在什麼地方得罪你了或是吵到你了？你給我們托個夢說清楚不要這樣嚇我們！」說了幾次以後，狗叫得就不厲害了，慢慢的我們就都睡著了，但是她沒給我們托夢。

第二天我們就把老闆娘叫了過來，我們把事情的經過說了一遍。我感覺如果是我的話，自己的店裡如果沒有髒東西，被客人這麼一說早就不爽了，而老闆娘卻直接問我你的生辰八字是多少，又說有男友的那女孩現在懷孕應該避邪，還說我們養狗也應該避邪。看到她這種反應之後，我們只好自認倒楣，當天二話不說就搬走了！

七月十五的白雨傘

農曆的七月十五，傳說在這一天裡，陰間的大門會打開，所有的鬼魂都可以到陽間來走走，運氣好的，還可以把家人燒給自己的東西帶回底下享受。也有人說，如果你在這一天把兩片綠色的樹葉放在眼睛上的話，就可以看到自己已故的親人。

我要講的故事，就是發生在多年以前的一個鬼節。高中畢業那年的夏天，我聯考落了榜，只好去找補習班再來一年，可惡的是當年考的成績實在是太對不起父母的栽培，連台北王牌補習班的招收資格都達不到，只好在南部找一所很普通的補習班準備重考。

我在補習班附近租了一間套房，騎單車去補習只要二十分鐘，房間很小，一張床，一個書桌，如果我回來把單車放進房間裡的話，就沒什麼空間了。我每個月的房租不含水電費，還好補習班要求每天都要留下來晚自習，讓我既能省電也可以和其他人聊聊天。

這一天，天氣特別悶，晚自習的教室裡好像人特別的多，而且似乎有不少的陌生人。這並不奇怪，這家補習班管理並不是很嚴格，有些人把自己的男女朋友帶來一起「探討學習」，所以經常有不認識的人在教室裡。

可惜平常一起打屁的幾個同學都沒來，讓人感到有點無聊。我象徵性的翻了一下書，就開始發呆。怪了，今天的自習室好像沒什麼人講話，這些傢伙要是早這麼用功學習的話，還用得著跑到這裡來多受一年罪嗎？真是想不開。

「熱死了，到了晚上一定會下雨。」我找了個大致看上去還蠻順眼的女生搭訕。哦？沒反應，奇怪我一貫都對自己把妹的功力頗有自信的，這美女也太不給面子了。

「呵呵，我從來都沒見過你，你一定不是我們這家補習班的學生對吧？」

我坐到她的對面，她還是低著頭。看來和美女打交道都是不怎麼容易，她沒回答我的話，靜靜做著歷史測驗卷。

「同學，這年代填錯了！」我拿筆在她的測驗卷上劃了個勾。

「謝謝！」她終於抬起了頭。哇！好美的女生。我終於真正看清了她的臉，用任何華麗的詞語來形容我面前的這個美人都不過分，薄薄的嘴唇，小巧的鼻子，彎彎的眉毛，眼睛雖然很漂亮，但看上去似乎有種說不出來的感覺，不過還好，這樣已經夠完美了。

我正發呆一樣的看著她，她似乎有些心慌，手一震，橡皮擦掉在了地上，我們幾乎是同一時間去拾那塊橡皮擦，不經意我碰到了她的手，好冷，她縮回了手，我把橡皮擦放在了桌上，我才發現到這個女孩的皮膚很白，甚至是看不到什麼血色。可能是教室裡日光燈的關係吧，我沒有仔細多想，對她笑了笑，她終於對我的努力有了回報，給了我一個淡淡的微笑。就在這個時候，我突然感到背後一陣寒意，刺骨甚至讓我覺得全身毛孔都張開了。

我不禁回頭看了一眼，立刻，我發現了這陣寒意的來源，前排的一個男生正在看著我，我一輩子也不會忘記當時他的眼神，怨恨而狠毒，我的胸口彷彿被一塊巨石壓住一樣，連呼吸都感到困難。他站起來，走到我身邊，但那雙令人毛骨悚然的眼睛一直在注視著我，我拼命想擺脫他的眼神，但不知怎麼回事，我使出全身的力氣也無法把自己的眼光從他的眼睛上拿開。

「她是我的！」他用一種緩慢而無力的語氣說了這句話。我張大嘴巴想說些什麼，可是說出的話連自己都聽不見。

「算了，放過他吧！」那個女孩淡淡的說，男生的眼光終於離開了我的視線，頓時我有種如釋重負的感覺，迅速的離開了這張桌子，在旁邊深深的吸了幾口氣。接著，我又回頭看了一眼那女孩，只見她也在輕輕的歎氣。

我坐到了教室的最後，再也沒敢抬頭看那個男生，再看了幾本漫畫以後，我看錶已經十一點多了，陸續有人離開了自習室，剩下用功的學生已經不多了。我注意到那個男生已經不見了，女孩的座位也是空的，猜想她已經回家了。

想起剛才的情景，我不禁嘟囔著：「見鬼了。」收拾了一下東西，我背著書包離開教室下了樓，在我去車棚取單車的時候，我習慣的跟大樓管理員打了個招呼。奇怪了，平常天天見面的那位和善的老伯今天沒來，幫我開門的這個我從來沒見過，我滿懷疑慮的推了車，蹬了幾步就上路了。

外面果然已經開始下起雨來，我是從來不帶雨傘的，我把襯衫脫下來，纏在單車的把手上，冰冷的雨點打在身上很舒服。

今天晚上格外的寧靜，路上沒什麼車輛，我索性離開了人行道，把單車騎到了馬路中央，路燈有些昏暗，忽然遠遠的我看到前方有兩個人影，是一男一女，共用一把白色的雨傘，看起來挺親熱。慢慢近了些，我認出他們就是剛才在教室碰到的男生和女生，「哼，一朵鮮花插在牛糞上，還走在大馬路中間，不怕被車撞啊！」想起來剛才狼狽的樣子，我不禁有些惱火，於是想到了一個報復的辦法。

我狠踩了幾下踏板，在經過他們旁邊的時候突然伸手打掉了男生手中的雨傘，然後一陣狂笑而去。我一邊騎車一邊回頭，看著男生慌忙的撿雨傘替女孩遮雨，心裡得意萬分。就在那個男生撿雨傘的時候，突然一輛卡車從後面疾馳而來，強烈的車燈照在我的眼睛上，我急忙將車往旁邊一拐，卡車呼的一聲開了過去，我趕忙回頭看他們，只看到路邊的白色雨傘，而男生和女生都不見了。

奇怪，一定是走在旁邊的人行道上了。我返回剛才惡作劇的地方，還是沒發現他們，我從地上拾起了雨傘。「下次見面再還給他們吧，差點害人家被車撞！」我心裡有些內疚。

我家附近有個商店，每天晚上路過的時候我總要買一些東西回去煮宵夜吃，雖然今天下雨，我還是照例走進了這家商店，隨便買了些東西。我發現商店的電視正在播放蔡依林的演唱會，於是我饒有興致的邊看電視邊和賣東西的小姐聊天，演唱會結束的時候已經快十二點了。

我哼著歌走出商店，發現我的單車居然不見了，「靠，今天是怎麼了，碰到這麼多倒楣事！」我罵罵咧咧的回到我的小屋裡，沒想到停電了，只好摸黑洗漱完畢，關好門準備睡覺。外面還在下雨，我躺在床上很快就睡著了，突然一聲巨響，狂風把門吹開了，我一骨碌的從床上跳了起來，看到那個自習室裡的男生正站在我的面前，雷電閃光照進了小屋，他的臉雪白雪白的，他伸出手抓住我，我一點反抗的能力都沒有，感覺渾身都是力氣但卻無能為力。他仍然用那種恐怖的眼神看著我，我感到心在狂跳，心臟的承受能力已經達到了極限，意識也漸漸模糊了。慢慢的，我清醒過來，是做夢嗎？門還是開著，天已經亮了，好像已經過了上課的時間，我看了一下錶，桌上的鬧鐘停在了凌晨十二點。

我滿懷疑慮的來到補習班，課間的時候派出所的人過來說找到了我的單車，他們從車上貼著的補習班廣告貼紙找到了我。我去領車的時候他們告訴我偷車賊死在了路邊，並給我看了現場的照片，奇怪的是所有的照片都照不出死者的樣子。

回去以後我把發生的所有事情告訴了我的幾個好友，他們卻說昨天晚上補習班根本沒有開放晚自習，我看了櫃檯前的告示板，上面清楚的寫著：「今天晚上，由於補習班停電，自習取消。」

我和他們說起我見過的男生和女生，也沒人對他們有印象。故事本來就該到此結束了。

一年過去了，我考上了一所大學，臨走的那天，我和補習班看門的老伯聊起一年前發生的事情，老伯才告訴我，前幾年，有一個男生和一個女生談戀愛並且在外面同居，補習班發現以後，就在聯考的前兩個月開除了他們，可是他們仍然在別的地方報名參加了考試，並且雙雙考上了國立大學。在那年的這一天，他們出了車禍，都死了。那個男生的家就住在補習班旁邊。

聽完這段話，我確定我的經歷不是這麼簡單，於是我決定去拜訪一下那個男生的家人，還要帶上那把雨傘。

沒花什麼工夫我就找到了我要找的地方，給我開門的是位四十歲上下的女士，沒等我對她說明我的來意，她已經泣不成聲了。

她告訴我，他的兒子和那個女生是被卡車撞死在補習班旁邊的馬路上，那天晚上下著雨，他們打著一把白色的雨傘。

「雨傘？」我突然發現我身旁的雨傘居然不見了！

「是，白色的雨傘，在這裡。」她從旁邊拿過一把雨傘，盯著我，臉上浮現出一種詭異的笑，然後慢慢的說：「就是這把，我兒子每年中元普渡回家探親的時候都要來拿這把雨傘。」

我突然感到背後一股刺骨的寒冷，就和一年前的自習教室裡的一樣，身後東西慢慢靠近，我呆呆的坐在沙發上，一動也不能動，只能看到對面牆上有本日曆，上面用鮮紅的字寫著：七月十五。我見苗頭不對，心中不斷暗念「阿彌陀佛」，然後使勁全力跑出了他們家，從此不敢再靠近。

祭祖風波

這件事，發生在我大舅媽去世後第二年的中元普渡。我不知道大家所在的各地有沒有在中元普渡時請自家往生的人回家過節的習俗，反正我家鄉有。

那年又到中元普渡了，家裡決定把外公、外婆、大舅媽這三位往生的人都請回來過節，宴席就擺在我外公外婆家。

先插入一段小說明，我大舅舅跟我外公外婆的關係似乎不太好，那時年紀小，所以也搞不懂，只知道我大舅媽生前很少去探望我外公外婆，就算去了也是一聲不吭的。更絕的是那年到我外公家過年，我下樓時跟她擦肩而過，我還叫了聲大舅媽，她居然跟沒聽見一樣，等我回到家我才知道，她根本就把我當做陌生人，傷腦筋。

轉入正題。既然決定要三位一起請，第一件事就是擺牌位了。當時設計的方案是把三位的牌位併排放，從左至右依次是我外公、外婆、大舅媽（習俗上以左為尊）。到了傍晚，家裡一大幫人都跑到樓下附近的一個水塘邊去接他們回家，家裡就只剩兩個人在廚房做飯。

當我們一幫人接到他們（在我家鄉只要到一個地方燒掉裝好紙錢寫好名字的信封包，然後燒紙錢給冥府負責引路的鬼官就能接到往生的親人）回家，剛一開門的一剎那，我大舅媽的牌位就「叭」地一下倒了。

對此大家並沒有特別的反應，心想可能是開門時帶動的風把牌位吹倒了。我二姨動作敏捷，馬上過去扶好牌位。可是當二姨剛一轉身，「叭」地一聲，我大舅媽的牌位又倒了，就這樣反反覆覆了幾次，把一屋子的人都嚇呆了。

這時，我大阿姨就在家裡說：「爸爸媽媽，你們別不高興，一家人難得團聚啊！」

說完她就走過去扶牌位，可是手剛一鬆，牌位又倒了。這下我大阿姨慌了，她一邊把牌位往二老的牌位後面放，一邊說：「爸爸媽媽，你們別生氣，把大嫂的牌位放你們的牌位旁邊是我們的不對，我現在把她往後面放，等一下再給您二老斟酒，你們就消消氣吧！」

事情就是這麼奇怪，牌位一擺到後面就再也沒倒過。接下來就是請他們吃飯了。按照家鄉的習俗是要先讓往生的親人吃，待他們吃完後，就請他們在旁邊吃水果點心休息，而其他人就吃之前給往生親人「吃」過的飯菜，說這樣能保佑家人。

家裡吃飯的桌子是正方形的，所以在正對著牌位的下方是給我外公安排的座位，而此位的左手邊是外婆的，右手邊就是大舅媽的了。這一段時間，從表面上看來都是平安無事的。

過了一段時間後，我們一大幫人又去到接他們的水塘邊送客（與接的儀式差不多），然後回到家裡。夜已深了，親戚們都三三兩兩回家去了。

自從我外公外婆去世後，他們的房子就是我二姨住著。那天二姨父出差了不在家，就剩二姨一個人。她說一個人會害怕，我大阿姨就留下來陪她。

到了半夜，二姨被一陣雜音吵醒了，仔細一聽，聲音來自廚房，是摔碗的聲音。我二姨叫醒我大阿姨，兩人壯著膽子走到廚房把燈一開，聲音馬上就消失了。二人一看，碗櫃的門是開著的。我大阿姨心想可能是收拾完碗筷後就沒關櫃門，於是就順手把櫃門關了。二人一看沒什麼就回房間睡了。

剛睡下不久，廚房又傳來了一陣摔碗的聲音，兩個阿姨對望一眼，戰戰兢兢地走到廚房開燈一看。這一下把兩人嚇得魂都快沒了，因為剛剛關上並拴好了的櫃門又被拉開了。兩個阿姨開始哭了，我大阿姨邊哭邊說：「爸爸媽媽，您二老是不是今天氣得都沒吃飯啊，實在是對不起。您二老別生氣，明天我們再單獨接您二老回來好不好？只是今晚您二老別再嚇我們了，明天我倆給您二老多燒點錢好嗎？」

說完我大阿姨把櫃門重新關上，兩人回到房裡，一夜未睡，當然這一夜也沒再鬧什麼怪事。

第二天，兌現承諾，我們又單獨把二老請回家裡來，完成了應有的儀式。

奉勸各位，在世的時候千萬要和平相處，免得到了陰間還要鬥氣，對後人造成困擾。

太平間疑雲

一直與醫院有緣，雖然這是一句不吉利的話，但我還是要強調這件事，因為這是事實！

母親在一年不到的時間裡，進這所大型綜合醫院做了兩次手術，醫生、護士甚至連打雜的員工都對我們母女倆很熟悉了！可是我一直就有一個怪怪的念頭很想知道醫院的太平間在哪裡。

很偶然的一次，我問醫院裡的一個掃地的阿姨，她並沒有回答，只是意味深長地抬頭看了我一眼（好可怕的眼神），然後說：「小女孩，這可不是鬧著玩的事！」

我是一個膽大的女孩，一個人試著找了好幾次，後來我終於確定位置就在地下室。因為每一次我走出住院部的大門前的花園時，我的腳緊貼的地面總會有一股冰冷的感覺就算是頭頂著火熱的太陽！

在醫生說母親手術後的第四天可以進食的清晨，我五點半就外出給母親買稀飯（她此時只能吃流質食物）。由於幾天不眠不休的看護，使我走在清晨的醫院裡，感覺腦袋晃晃的，腳步飄飄的！當我走到二樓的加護病房外時，我的腳步不自覺地停了下來。

因為我發現了在病房門外停放著一輛可以推的病床，不可思議的是床上的患者被覆蓋著白布，厚厚的一層又一層。

「為什麼這麼早就有人要做手術呢？」

這是我看著這鋪著白布的病床後第一個疑問。再看清楚一點，「啊！」我來不及用手掩嘴地叫了出來。因為我看見那外露的頭部原來是一具屍體！他的頭向著樓梯口的轉角處，要下樓的人必須經過這裡，所以我和他的距離不到三公尺。

我能清楚地確定他是一具男屍，一個剛剛去世的老人。由於處理得不好，讓他的腳和頭髮外露，還可以隱約看到他的鼻尖。順著他平躺的身體我可以看到他的腳，叉開的兩隻腳！

當時我嚇得不能動了，「走啊，走啊！」我不停地叫自己的腳移動，而且想盡辦法移動自己僵停在那裡的身體，可是一切無濟於事！

突然，病房裡面陸續走出了一些人，隱約記得有男人、女人，還有一個穿著白袍的醫生，不同的是他戴著一雙手套，像是在家裡洗碗的那種。顯然他看到了我和我受驚嚇的神情，他冷冷地看了我一眼，然後用他那雙套著紅手套的手，熟練地把白布用力地往上拉，很俐落地把屍體外露的部分全部裹住！再看了我一眼就推著屍體從我的身邊經過！

我的頭麻掉了，因為屍體從我的眼前經過，我能丈量他的長度，這一次我能準確地判斷他的頭，他的肩，他平放著的手，他的腰，他身體的每個部分依序從我的眼前經過！屍體只能用貨運的電梯運走，所以必須在貨運電梯門前停住。

「啊！」呼吸急促的我，用力吸了一口氣，然後撒腿就跑！當我走到花園前的取藥等候廳的時候，我聽到一聲響，「隆」的一聲！電梯到了地下室，那盞燈不停地在閃，大大的一個「B1」在閃。然後就是那個穿白袍、戴手套的人跑了下來，向轉角處跑去，大概是跑到地下室吧！

我嚇得連忙跑出住院大樓的門口，一股勁地跑到離醫院最近的一個餐館裡坐下。

服務生看到我鐵青了的臉，給我端來了一杯溫水，然後小心地問我：「你想點什麼？」

我的潛意識讓我搖了搖沈重的頭，「讓我先坐一下，好嗎？」我說。她走開了。

過了好一會兒，我回過神來，帶著母親要的稀飯往回走。當我走到二樓剛才停放屍體的位置時，我並沒有急著跑開，只是下意識地在那裡鞠了一個躬，在胸前畫了一個「十」字，然後安靜、小心翼翼地走開了，似乎怕碰撞了什麼一樣！

接下來的一天，我都心不在焉，母親的點滴滴完了，我忘了按鈴讓護士來換；醫生囑咐我的事情我忘了做，等等，因為我的腦袋一直停留在清晨二樓的那一格那一具屍體，真的時時刻刻活現在眼前：他又開的腳，他沒有被蓋上的鼻尖。

天慢慢地黑了，這是現在我最難熬的時段。從母親的病房裡往外看，好多婦女在馬路邊燒什麼，還有雞和酒水之類的拜神用品。我抓著一個經過的護士，指著外面的情景問：「她們在幹什麼？」

「今天是七月十五！你不知道嗎？」善良的護士回答道。

「七月十五中元普渡！」我的心不禁顫了顫，一股椎心的冰冷貫穿著我的身體。我一步也不願意離開這病房，可是母親卻在夜裡十一點多的時候說想喝現打蘋果汁，要我到外面買回來給她喝。唉，病裡的她只會數著住院的日子，並不知道今天是什麼日子，還要女兒在七月十五的夜裡到外面買現打蘋果汁。病人的要求永遠是找不到拒絕的理由，我只好答應她，因為她整天只吃一些流質的食物，應該是又餓了！

還是得經過二樓那個位置，到那裡的時候我把一直佩戴的玉佩放到胸前，左手一直緊握著不放，能握多緊就握多緊！

在深長的二樓走廊的長凳上，我看到了一個穿著藍白相間病服的和藹老人，他有氣無力地坐在椅子上。

「十一點了，還不回病房裡休息？」我疑惑地站在那看著他問道。

顯然他也發現了我，吃力地把乾癟癟的手微微抬起來揮了揮，示意讓我過去！我走了過去，蹲在他的身邊。雖然接近深夜，走廊的昏暗燈光還是讓我看到了他的臉，臘黃臘黃的臉，間或有一點點蒼白，似乎還夾帶著一點點的冰涼和僵硬！

「老爺爺，這麼晚了，為什麼不回病房裡休息呢？這樣對你的病不好，知道嗎？」我出於好意地小聲對他說。

「我的兒子還沒有來，明天他就會來領我了，放心！」老人陰聲陰氣地說，顯然可以覺察得到他說話的力度有多微弱。

「你扶我走走，好嗎？我躺了一天，多想走走啊！好嗎？」他在乞求我，他那乞求的眼神，讓我沒有拒絕的理由。我站起來，右手挽著他的右臂，左手用力地提起他的左臂，順利地讓他站了起來。我可以感覺到他身體的冰涼和僵硬，可是我並不能把他放下，畢竟我的常識告訴我老人的骨頭是不能撞到的（骨質疏鬆）！

他艱難地挪動著腳步，似乎好久沒有走路了，我當時只能告訴自己他大概是躺在床上過久的緣故吧！一步，兩步，三步……天啊！他竟然想下樓！他抬頭看了看我，眼神似乎在詢問我不介意扶他下去一趟吧？

我順著他的腳步，吃力地扶著他一步一步地走著，因為他實在走得好慢，簡直是沒有重心！

像是走了一萬年似的，連我自己也不知道為什麼會走到一間有一扇緊鎖著鐵門的房前，我可以清楚地看到鎖著那門的大鎖，一把大大的鎖！老人吃力地抬著頭，斷斷續續地說：「裡面住著人，被子蓋得好好的，就是很難透氣，把頭也給蓋住了！呼，呼，呼——」這是他的呼吸聲，艱難的呼吸聲！

他接著說：「裡面每個人都會有一個號碼，掛在腳趾頭上！想進去看看嗎？裡面裡面好大，好大，好寬敞！所有人都很安靜地睡著，沒有病痛，沒有了呻吟聲，甚至已經不用藥了！」

接著他斜看了我一眼，眼珠子不知道跑到哪裡去了，然後又緩慢地垂下眼瞼，若有所思地用那手指比了比裡面，「進去吧？要不要？」他問著。

「我，我，我看不用了吧！我們回去吧？好嗎？要不然等一下你兒子找不到你會慌的！」

「不是找我，是領我，知道嗎？」老人有點生氣地說，是的，我記得剛才他說過他的兒子明天就會來領他的，我怎麼能這麼大意地把這個「領」給忽略了呢？我怕怕的，實在是怕。因為那扇用大鎖緊緊鎖著的鐵門，和後面的那扇同樣也緊閉著的木門讓我感覺到裡面的氣氛不對勁！我緩緩抬起頭，因為我的直覺告訴我頭上的門前掛著一個門牌，什麼，什麼？「太平間」！這三個字赫然衝擊著我！「啊！」我長叫一聲，猛地甩開扶著老人的雙手，叫著跳著亂跑！一直撞到一堵牆上，我沒有辦法再跑了已經盡頭了。

我看見了什麼?我看見了什麼?在那一頭，就在那三個字的門前，老人俐落地站著，旁邊陸續地出現了很多人，有小孩、婦女、老人、還有孕婦他們都面無表情，有的頭髮凌亂，有的身上佈滿了血跡，有的頭上沒有頭髮，甚至有的頭皮也沒有了蹤影，有的還在滴著一些血黃的水，還有一個更加恐怖：拿著自己的手指，一個一個地數著，一個一個地放到原位，可是怎麼也接不上去，老是掉在地上，撒了一地「太平間，在這!在這!」好大的聲音，這句話不停地在我的腦袋上空盤旋!

「啊!」我瘋了一般地亂抓著自己的頭髮，一個勁地在跳著叫著。

「喂?你怎麼了?護士，護士!快來!快來啊!」這是誰的聲音?噢，是母親，是母親的聲音!沒錯，沒錯!「嘰，嘰，嘰，嘰，嘰!」我能確定這是小鳥的叫聲，是在母親病房外面那棵玉蘭樹上棲息的小鳥叫聲!

我努力睜開眼睛，一道刺眼的陽光直射著我!「現在是早上了，你昨晚不知道發生了什麼事。一會兒心神恍惚，一會兒在那裡鬼叫，一會兒斜著嘴在笑!」母親痛心地看著我說：「然後護士和值班的醫生來了，給你打了一針，讓你睡了。然後你一直昏睡著，到現在才醒過來！等一下護士會帶你去檢查一下心臟！我看你也累壞了，唉！」

接著是母親的歎息聲！我用無力的手揉了揉雙眼，掀開蓋在我身上的白色被子，緩緩地走到窗前，努力地回想昨晚發生的一切，可是非常模糊，一切努力只是徒然。然後，我的頭越來越痛，痛得讓我透不過氣，連心臟都快承受不了負荷！

那個掃地的阿姨來了，她今天並沒有進來掃地，只是站在病房的門前看了我一眼，像是在教訓不聽話的孩子一樣的語氣說：「我早就說了，這不是鬧著玩的！」然後走了，像一陣風地走了！

墓地異聞

我在新加坡讀書，這個是發生在我朋友身上的一個故事。他的名字叫麥斯，以下內容是他親口講述的。

棺木進水

麥斯說他大伯的老婆已經去世三十多年，只留下一對兒女，而他大伯念舊情，照顧兩個孩子長大一直也就沒再娶妻。

日子就這麼一天天過去了，可是近幾年他經常夢到自己的老婆在夢裡向他哭訴她住的地方很冷，起先他大伯還特地去墓園看過，可是一切都很好，之後也就沒在意。

直到那天為他老婆撿骨開棺，才發現整個棺木都進水了，他大伯就向他們家請來的道士、和尚講述了以前的那個夢，才知道大概夢裡頭要講的就是棺木進水了吧！

毛髮續長

接下來要講的，是麥斯的家人在幫他的外婆撿骨時發生的。

早晨七點多，麥斯的媽媽要他和妹妹去墓園，原因是在為他外婆撿骨的時候發現了異樣。

他外婆已經去世很多年了。當他們挖開墳墓後嚇壞了，他的外婆屍體不但沒有腐壞而且變得僵硬，原先全身佈滿皺紋的皮膚也變得像十二、三歲的年輕人一樣光滑，頭髮也變長，指甲更長得嚇人，但不是紅色而是黑青色的，有沒有長出長牙麥斯說他沒看，但為他外婆做法事的道士說確實有長。

後來道士跟他們說，這種現象就是屍體變成僵屍了，因為道士們經常幫人做撿骨的法事，所以以前也見過，大約每兩千個就會出現一個這樣的現象。

遇到這樣的情況，就要把這個已經去世的人的所有親屬叫到跟前看最後一眼這個亡人，才可以重新下葬，要不然會出事。

至於會出什麼事，我的朋友就沒有問了。

鐵道靈異事件

故事發生在十幾年前冬季，地點是中國的黑龍江。

深夜，一列只有兩節車廂的柴油火車在飄著雪的刺骨寒冷的原野上奔馳著，車內只有司機和列車員兩人。僅有的一個取暖用具圓火爐，燒得通紅。突然，一名女子叉著雙腿出現在鐵道上。司機立即剎車，可是已經遲了。列車把那名女子撞倒並拖出幾十公尺才停住。

她是自己跳到鐵道上來自殺的。由於當時的通訊遠沒有現在發達，不可能馬上通知附近的車站或立即叫警察來，所以他們決定一個人去車站，一個人留下來。

經過抽籤，列車員留了下來。司機走後，列車員一個人坐在車內偎著爐火開始打瞌睡，窗外突然傳來一陣「滋！滋！」聲，好像是什麼東西在地上拖過的聲音。列車員的臉色一下變白了。在這個下著雪的田野上，除了自己和屍體，應該不會有什麼會走動的東西了。而「滋滋」的那種摩擦的聲音越來越近，從剛才司機走時敞著的車門慢慢地往上，一步，一步地來到了與列車員所在車廂的門前停了下來。

「那到底是什麼呢？」列車員已經嚇得縮成一團。不久，「吱呀」一聲，那扇門被慢慢地打開了一小時後，司機帶著警察趕到時，到處都沒看見列車員，而列車旁邊的雪地上也只剩下那名女孩的下半身，大約搜索了三十分鐘後，司機無意一抬頭，倒吸了一口涼氣。

原來，列車員爬到了鐵道邊的電線桿上面，已經被凍死了，而那具女屍的上半身也緊緊地附在他的背部。

直到今天，那個女孩的怨靈仍在尋找著她遺失的雙腿。

普渡大餐

事情發生在民國八十一年暑假期間，頭屋鄉在縱貫線馬路旁有一家雜貨店。這天晚上十一點多，已經很晚了，老闆準備要休息，但是鐵門還沒有拉下來。

突然，隔鄰的狗叫了起來，可是狗的叫聲很怪異，本來是正常的吠叫聲，一會兒後卻轉變成嚎叫（民間傳說狗嚎叫時，嘴巴是圈起來的，跟人在吹口哨時很類似。）

老闆覺得很奇怪，就走到門口看看有什麼事。哪知不看還好，一看不得了，只見一大群人在公路上走著。（註：據老闆事後回憶，算不清楚有多少人，但至少上百。）老闆想，這麼晚了，怎麼還有那麼多人在夜遊

（註：該地附近有一水庫可供遊憩，暑假期間有營隊活動。）於是，老闆叫他的兩個兒子來看。這一次終於看清楚了！

這哪裡是什麼人在夜遊，只見那些「人」高高矮矮，全都是長髮凌亂，面無表情，身穿破爛的長衫就那麼飄呀飄的……

父子三人這才知道自己看到什麼，三個人當場嚇呆了！就在他們愣在那裡的時候，一個小孩從那群「人」中跑出，直飄進鄰居家中（老闆事後回憶，那個鄰居曾有一小孩夭折。）後來還是老闆的兒子先回過神來，迅速拉下鐵門，避入神明廳內，一整夜都說不出話來。

第二天早上，老闆全家到廟裡拜拜求平安，這件事也很快的傳了開來，成為當天菜市場內最大的新聞。

而當地的一些好事者，也到附近的土地公廟扶乩問神，這才曉得，原來當天晚上路過的是陰魂，當時「他們」剛從另一座廟宇吃完普渡，正要趕回家呢！

據查，該地附近靠近水庫的地方，的確建有一座公墓！

辦公室驚魂

在馬來西亞首都吉隆玻的市中心，某棟大廈的第十三樓曾經鬧鬼鬧得很凶，請了很多位法師來作法也鎮壓不住這些惡鬼，至今沒有任何人敢承租該層樓作為辦公室。

怪事發生在很久以前，老一輩的人應該還有些印象，當時波及的情形只是環繞在該棟大廈的十三樓，並沒有擴展至其他地區，只要你不踏進該層樓就不會遇上任何怪事。

當時，有個叫瑩瑩的少女就在該層樓的某間公司擔任祕書工作。瑩瑩剛滿十八歲，在高中畢業考剛結束以後就幸運地找到這份工作，可能是年紀尚小及資歷不夠深，她既不敢遲到也不會早退，還會在上班時間的一個鐘頭前到達公司，而在下班後又多逗留一兩個鐘頭來完成工作。這種早到晚走的工作態度很得老闆寵愛，所以瑩瑩更加努力的做好工作。

一天晚上，瑩瑩又因為工作繁多而必須加班，看著同事一個一個地離去，她其實心裡十分難受。甚至到連老闆也要離開時，瑩瑩還是未完成工作，唯有死硬著頭皮一個人留在辦公室內。

雖然之前有聽過同事間的談話，像是辦公室有些不乾淨的東西存在，還蠻嚇人的。但瑩瑩現在只希望這些都是同事們想出來嚇她的，心裡不怎麼在意，不過也想著不可不提防，趁著時間還早，就鼓起勇氣在辦公室內外巡了一圈，什麼也沒發現後索性回到辦公桌前，專心準備著明天一早要交出去的計劃書。

「滴滴答答！」的聲音從打字機裡傳來，對瑩瑩來說就像是那有旋律的音樂節奏般，瑩瑩樂在其中，越打也就越快起來。直到忘形的她忽然察覺身旁似乎有對眼睛在瞪視著她時，在警覺心下她慢慢把頭轉向後面望了一下。

「咦！沒什麼嘛！」她想一定是自己心理作祟，又開始打起字來。

這時，後面的廁所忽然傳來沖水及開門的聲音，嚇得瑩瑩跳了起來，等鎮定下來時就拿起桌旁的鐵尺輕輕走到後面。廁所黑漆漆的不像有人在內，環顧四周也沒有發現任何人，發抖的手朝向燈的開關一按，廁所登時亮起來，查看後並沒發現到剛才有人來用過的跡象。

瑩瑩漸漸退回廁所門旁，這時她開始擔心起來了，因為剛才的聲響明明就是從廁所這邊傳出來的，她確定沒有搞錯，但公司的人都走光了，只剩下她一人，不可能還有人會用廁所吧！難道……她不敢把燈關掉，連忙跑回座位上，即刻收拾東西打算回去。

就在這時，怪事發生了。先是老闆辦公室裡傳來談話聲，還摻雜一些類似用尖物嚼碎骨頭的怪聲在內，瑩瑩越來越怕，偏偏雙腳發軟連站起來的力氣也沒有，想要呼救也叫不出聲。

身後忽然傳來很深的呼吸聲，瑩瑩這時簡直頭皮發麻，全身雞皮疙瘩都豎立起來了，忍不住趕快跑到大門前，想要扭開門把衝出去時，卻發現門把不見了！只見自己的手正握著一隻青色又在流膿的怪手，這隻手是連著大門的，沒有頭沒有身體，只有一隻手伸出來像門把般的黏在門上，把瑩瑩嚇得差點沒暈倒過去。

她轉身想閃躲，見到後面不知何時竟出現一群無頭無手又無腳的恐怖青色鬼魂。這時瑩瑩已經撐不下去了，眼睛轉白就昏了過去，在倒下的那剎那，她感覺到無數的手在她身上游走，周圍還有陣怪味像是血腥味，耳旁也響起了剛剛的那種怪聲，而這次是在這麼近的距離，之後就不省人事了。

翌日早上打掃的阿嫂進來辦公室時，竟發現瑩瑩衣衫不整地似大字般張開躺在地上，而且臉色蒼白整身濕透，阿嫂覺得事態嚴重，急忙下樓通知警衛人員，等到醫護人員到來時，瑩瑩依然陷入昏迷當中。

幾天過後，也沒見到瑩瑩來上班。有傳言說她被送入精神病院治療，每個人聽到她的遭遇之後還是搞不懂她到底遇到什麼東西，只能確定的是她遇上了那種髒東西。根據老一輩的同事說，一定是撞見不知什麼原因冤死的孤魂野鬼。

各種傳聞都讓人聽了毛骨悚然，尤其是女同事，個個無不聞加班色變，搞得整個公司都人心惶惶，公司迫於無奈，只好搬遷至其他大廈。

從此，這裡就閒置下來，直到其他不知情的公司租下為止，故事又再開始了。

男鬼情未了

七月十五日是中元普渡，在那一天鬼王會把地獄大門打開，讓有主無主的鬼魂到人間走走，有主的回家去，沒主的就到處遊蕩。所以，老人們都說，七月十五日上街會招魂的。也許這個傳說是真的喔！因為我就碰見了，就在七月十五日的那天晚上。

七月十五日那天，晚上九點，我剛被公司的老闆臭罵了一頓，心情惡劣，不知為什麼很想到街上走走，打開家門，一陣陰森森的寒風吹過，我本想進屋多添一件衣服，但回頭一想，還是算了吧！

街上，冷冷清清的，只有幾個人在趕路，他們匆匆忙忙的樣子，與我悠閒的態度實在是有著很大的區別。我不知道他們為什麼這麼匆忙，也沒興趣知道，一個流落他鄉的異地女孩，還是不要管這麼多的好呀！

今晚的天色不太好，雲層很低，陰沈鬱悶，讓人覺得分外不安。呼！颳風了，我拉緊了衣領，真是好冷喔！但與其在家裡生悶氣，還不如吹吹晚風，弄個感冒或許會增添睡意，我想。走呀走呀！看街上行人趕路的千姿，看路上車子飛奔的百態，看林林種種的大廈在風中的搖曳。越走天越黑了，終於，我走累了，走膩了，走得雙腿又酸又痛。在路邊供行人休息的長椅子坐下，我抬頭仰望長空，沒有半點星光，只有一層又一層的雲霧飄浮，星星都跑那去了？我皺著眉頭，不知所以。

有點兒迷糊，睡蟲不知什麼時候鑽進我的腦裡，我開始在半睡半醒之間。突然，女人的直覺告訴我，有人站在了我的身邊，我剎時清醒，一個單身女孩在街上遊逛是件很危險的事，可是我走了這麼久，現在才發覺到。

我急忙坐直身，整個人處於警惕的狀態，隨時扯開嗓門，準備叫人，雖然不知道是否真有救星。可是，很快地我知道這不過是我的過度反應而已，街上連個鬼影都沒有，更何況是人？哎呀！我不知在街上走了多長的時間了，走得腦袋都產生幻覺了。

「回家吧！」我對自己說。站起來，才抬頭，突然看見在不遠處，樹下有著一個人影，什麼？我瞪大眼睛，剛才不是幻覺嗎？這到底是好人還是壞人呀？

我不敢亂動，只是靜靜地觀察他。他的視線沒望向我這一邊，只是一直對著馬路對面的一幢大樓看，那幢大樓已經很殘舊了，不知他在望什麼！本來我是應該走的，管他望什麼呢！這一切都與我無關呢！

但是，不知為什麼我卻沒有，反而走到他的身邊，他的臉因天色太暗了，看起來有點兒朦朧，雖然是這樣，但他臉上那抹憂愁，卻清晰可見。

「你在看什麼？」我為自己的大膽而驚訝，他顯然也被我嚇了一跳，他望著我，我望著他，雖然我們的距離這樣相近，但還是看不清彼此。我不敢再開口，我因為我的魯莽而臉紅。

幸好，過不了多久，他開口了，「我在看她。」他的聲音有點怪，本來我們就站得很近，但聽他說話卻像是在很遠的地方傳來。

「她呀？」我順著他的目光向那幢樓上望，可是這幢樓一定是荒廢了很久了，連大門都被蟲子蛀得差不多了。

「這地方能住人嗎？」我不可置信地問，他笑了，「當然能，當一個人沒錢的時候，什麼地方都能住人。」

「喔，是呀！」我本身也很窮，所以深有體會。

「那麼你看到她了嗎？」我再問，「沒有」他低下了頭，

「為什麼？她不在嗎？還是她住得太高了，你的視力不好？」我又問，「她不在。」他說。

「這樣呀！你也真是的，來找她應該先打個電話嘛！」我禁不住說了他幾句，他用很奇異的目光看我，沒說話。

我卻臉紅了，是喔，我不過是個陌生人，憑什麼去管他的事？我想在他眼中，我一定是個瘋子，一個女孩在夜晚向一個不認識的男孩搭訕，搞不好，他會當我是不正經的女孩呢！「你該不會認為……」我張大嘴望著他，「你是個好女孩，」他對著我笑，他笑起來其實很可愛！

「你怎麼會知道」我訝異，他嘴邊的笑意更深了，「因為你的臉藏不住祕密。」我有點疑惑，但沒深究。

「你這樣等下去會有結果嗎?她也許已經搬走了。」

「她是搬走了。」他再次低下頭，把臉深埋在夜色的暗影裡。

「那你還等?」我不可思議地問。

「因為她說會回來的。」他再次對我笑，但這次的微笑和先前的幾次不同，帶著苦澀的味道。後來，我們一直這樣聊著聊著，我不知道他是誰，他也沒追問我是誰，我們之間彷彿有著某種默契。

後來他送我回家第二天，我出去辦事，辦事的地方就在昨天遇見他的那個地方的附近。於是我特意又去看那幢大樓，我想，或許還會見到他。可是沒有，我走近了大樓，昨天在對面馬路看，不是看得很仔細，現在近看，實在是破舊不堪，這裡根本不可能住人嘛!我再次肯定。

「小姐，你找人嗎?」一個老婆婆問我，我回過神來。

「喔，請問，這棟大樓有人住嗎?」

「什麼?住人?」老婆婆的神情就像我說了個多可笑的笑話一樣,「喔,這根本不可能,這裡死過人,原來的住戶都搬走了,早就荒廢了很久了。你要找人嗎?」

「咦?喔,不」我不知道怎麼回答,因為我連他等的女孩的名字都不知道。

本來我就想走的,可是老婆婆可能悶太久了,竟然拉著我說起這幢樓的歷史,這我才知道了關於那男孩的故事。

他愛上了這幢大樓的一個可愛的女孩,愛得很真,愛得很深。但父母都反對,因為他實在是太窮,不能給女孩任何的未來保障。他們的愛情處得很苦,也很累,但他們還是一樣的相愛,相戀。可是天意不由人,她的父母為她找了一個外僑的對象,雖然年齡很大,但表示很愛她,願意娶她。

那天晚上,她在他的懷裡哭了一整晚。她哭著說不要離開他,她哭著說要跟他走,她哭著說發誓一生愛他。

他想,有她這句話就夠了,就是死也無憾!那天晚上,他向她提出分手，她不解，問他為什麼，他只是殘忍地摑了她一巴掌，她哭著走了，拋下狠話，一生再也不要見到他。

他很痛心，真的，但卻又不能挽留她。她的消息就這樣消失了一段時間，他以為今生不會再見到她了。但是，七月十五日那天，他收到了她的來信，她告訴他，她要訂婚了，但她一點都不愛那個人，她只愛他，她說，她要回來，回到他的身邊。

他又驚又喜，不知該不該接受，但愛是苦難的，經過一次的考驗，他想他們會在一起的，他們會幸福的。於是，那天晚上，他來到了這幢大樓樓下等她。當然結果是可悲的，她並沒來，一整晚都沒出現。

他等得好累好累，卻沒有半點離開的意思。當他知道她不會來了，他的腦裡一片空白，他走上了大樓的樓頂，縱身跳了下去。從此，他就永遠地停在大樓的馬路對面，一直在等她。但是其他的住戶害怕極了，都很快地搬了家。

故事聽完了，「那個女孩一次也沒來過嗎？」我問，「哎！女孩那天晚上有趕來的，但由於太匆促了，結果在路上出了車禍，造成了一輩子的遺憾。」老婆婆歎惜地搖搖頭。我沒再發言，有點麻木地離開。

那天是他嗎？那個故事裡的他，那個一直在等趕不來的情人的他？

土堆驚魂記

我家門口的庭院裡有一個很大的坑，不知是何時挖的，旁邊堆著一大堆黃土，壓得扎扎實實密不通風。來來去去，從沒往那裡多看一眼，反正不擋道。

我曾經隨口問過別人，土堆裡有什麼，好像也有人應過我一句，土裡埋著從坑裡挖出的地瓜。我則沒再追究地瓜為何會從坑裡挖出來，既然挖了出來為何要再埋上。但那個土堆卻漸漸滋生出一種鬼魅般的吸引力，讓我總忍不住想去看個究竟。

天天上班下班忙個不停，根本閒不下來。有天晚上爸媽都出門散步去了，我也恰好有空，那種強烈的誘惑，使得我連呼吸都緊張起來。拿了把小鐵鍬，來到庭院裡，月亮白晃晃地照耀著，月光分外明亮。

我開始挖那些黃土，外面的一層是很堅硬的，我使勁將鏟子插下去，裡面卻很鬆軟。挖開一看，果然是很多連著藤蔓的地瓜。

我心裡一寬，這麼多時日，原來是自己胡思亂想。可是當我低頭仔細一看，卻忽然發現，那些地瓜為何那麼像嬰兒的手臂，一節一節粗粗胖胖，紅彤彤的。我彎下腰去拿手指按了一下，天哪！竟然還有彈性！誰見過有彈性的地瓜呢？

我慌忙將土重新鏟到地瓜上，想把它們蓋住。可是無論我怎樣努力，都會有一節露在外面。我急得汗水連著淚水一起流淌，後來終於被我全蓋上了。驚魂未定的我躲進房間，卻隱約感到已有什麼東西變得不同。

有幾個房間開始發出奇怪的聲響。我聽見書房桌上書頁翻起的嘩嘩聲，有人從一個房間到另一個房間的腳步聲，樓上還有嬰兒的哭聲以及麻將推倒以後的胡牌聲。

我站在屋子中央，像中了蠱一般，動彈不得，我很想去開燈，卻無能為力。屋裡的一切被月光映的慘白，好像所有的影子都在晃動。也不知站了多久，老媽老爸回來了。「怎麼不開燈？」老媽一把拉開電燈，立刻恍若重返人間。我的腳又能動了！我不敢進其他房間，讓老爸把所有的燈都點亮。一切照舊，沒有任何人來過。

老媽開始看電視，以往最厭惡的電視機的嘈雜聲音如今變的格外親切。我也難得坐下來，依偎在老媽身邊陪她一起看。老媽幾次哈欠連天，可是我不敢放她走，很殷勤地幫她換頻道，告訴她那些我從沒看過的電視劇有多好看。最後她實在忍無可忍，獨自去睡了。

屋子裡又只剩下我一個人。我強打精神，努力讓自己不要睡過去。但還是敵不過洶湧而來的倦意，不知不覺蜷縮在沙發上睡著了，竟一夜無夢。第二天，豔陽高照。出門時特地看了看那個土堆，沒有人翻動過的痕跡，依然是硬硬實實的。昨夜的一切變得有些恍惚，好像只是場噩夢。我舒了口氣，放心大膽地上班去了。

晚上回來，老媽老爸都在家，沒有任何不正常的跡象。連著幾天，什麼事也沒有發生。我幾乎要把它們遺忘了。

一個禮拜天，閒來無事，我那要命的好奇心又發作了。我走到土堆前，使勁用腳踏了踏，又揀起鏟子用力挖下去。

陽光下，看得格外真切，只是有些快要腐敗的地瓜，外皮已經發黑了。

我一鼓作氣，把所有的土連同地瓜一起鏟到坑裡，還扯了些旁邊的石榴樹枝壓在上面。

吃過晚飯，老媽老爸出門散步。我累了一天，懶得跟他們出去，窩在沙發上看電視。突然聽到「沙沙」的聲響，環顧左右沒有人呀，家裡也沒養什麼寵物。也許聽錯了吧！我繼續看著肥皂劇。

可是那聲音越來越大，我轉過身，往門外看去：天哪！那些樹枝在自動往旁邊冒。而坑裡的土也正一點點往外翻。眼看那土堆越來越高，我的心臟幾乎停止了跳動！

我覺得我快瘋了！我必須找個人來給我解釋，這一切究竟是怎麼回事。我把看到的一切告訴媽爸，但他們認為我在說夢話。最後被我纏得沒辦法，老爸對我說：「這棟房子是你爺爺的爸爸蓋的，不然你去問問你爺爺吧！真是個傻孩子。」

爺爺獨自住在城市的另一頭。媽爸總勸他來跟我們一起住，可他不知怎的，就是不肯來，還在離我們最遠的一端安頓下來。

我找到爺爺，我還沒開口，他就開始歎氣：「真是想躲也躲不掉。」他問我看到了什麼。我一五一十地對他講了。他說：「以前老人家，都說有一種人，生有鬼眼，能看見一般常人不能看見的髒東西。孩子，你和我一樣不幸生了這樣一對眼睛呀！」

怪不得，我從小就能看見些奇奇怪怪的影像，說出來，沒人相信。總以為是自己的幻覺，原來全是真的！

「可是爺爺，家裡的坑到底是怎麼回事呀？」這是我目前最想知道的，我急切地盼望著答案的揭曉。

爺爺端起茶杯，顫巍巍地送到嘴邊喝了一口，很艱難地把水嚥了下去。好像有什麼哽在喉間，說不出話來。我不敢再催促，只好慢慢等著爺爺調整好情緒。

「那還是我小時候的事，」爺爺終於開口了。「我的父親是這裡的醫生，我的母親是接生婆。用現在的話說，應該是婦產科醫生了。」爺爺說到這裡，還笑了起來。

「那時候，常有人在半夜敲門，將我的母親找去為產婦接生，每次都忙到天大亮才回來。回家時，經常會帶些紅雞蛋什麼的給我吃。有時候，天還沒亮，我看見他們兩個人在院子裡挖坑，往裡面埋些什麼，然後再將土填實，還在那裡種了一棵石榴。

每年秋天，那棵石榴都會結很大很甜的果子。有一次，我實在忍不住，跑出去想看看他們究竟在幹什麼。

我看見我的母親，手裡捧著一個血淋淋的死孩子，它緊緊閉著眼睛，臍帶還連在上面，渾身都是血污。我嚇得目瞪口呆，我的父親趕緊把我抱回家去。

原來母親接生的孩子，如果是個死胎，產婦家的人就會讓母親拿走處理掉。深更半夜，母親怎敢到別處處理，只好帶回自家，讓父親幫忙，埋在自家院子裡。」

爺爺理解了他母親的做法，但對於他看到過的那些死孩子，依然心有餘悸。

「那我看到的地瓜是怎麼回事呢？」我還是不明白。「你看到的就是地瓜。只不過你又能看到別的影像，比如嬰兒的手臂什麼的，所以重疊在一起了罷了。說實話，我本不想告訴你們，就是怕你們心裡害怕。我也不能住在那裡，經常會聽見孩子的哭聲，所以我自己搬出來。」

頓了一下，爺爺又說：「這是我們祖孫兩個的祕密哦，可不要去你媽爸那裡多嘴。」

「好的爺爺，我記住了。」我答應道。爺爺笑了笑，說：「我還以為會把這個祕密帶進土裡呢！誰知被你這個小丫頭發現了。好了，這一直像塊大石頭壓的我透不過氣，如今有人分擔，心裡舒坦多了。我累了，孩子你回去吧！」爺爺安詳地微笑著。我只好告辭離去。

沒過多久，爺爺就去世了。我搬到了爺爺的小屋裡。偶爾回家，爸媽也是熱熱鬧鬧地陪著我，我再沒看到什麼奇怪的東西。又過了些日子，聽說那裡要蓋高樓，我們家的老樓得拆遷了。爸媽都很惋惜，這可是祖上留下的房產呢！可是誰又能阻止得了都市計畫呢？畢竟，現在已經進入二十一世紀了。

紅鞋子

農曆七月中，我的男朋友上了成功嶺。無聊之際，我就找我的一個好朋友一起去爬擎天崗。

對於陽明山，我跟她都超熟的，幾乎踏遍了，她便提議：「我們從擎天崗走到涓絲瀑布去吧！」

因為她沒有去過，而我也覺得那瀑布挺可愛的，所以就一邊聊天，一邊走到了涓絲瀑布。當瀑布出現在眼前時，朋友興奮的想要去玩水。當她越過欄杆的那時候，不知道為什麼，我有一種不祥的感覺，所以趕緊叫她回來，於是，她一臉掃興的樣子看著我。我說：「我們走吧！不要待太久。」離開涓絲瀑布沒多遠，我開口：「知道我為何叫你回來嗎？」

她說：「不知道耶！我覺得你怪怪的……」

我說：「我剛剛有一股很不好的感覺！不知道是什麼，所以快走，真的！」話才說完，就看見左邊懸崖邊突然出現一雙紅色的鞋子。看得出是女鞋，很新，不過沒有看到人。

看到那雙鞋，我的直覺居然是「跳下去！」我們兩人對看一眼，一句話都沒說就一直往前走，一直走，直到出了山林，看到太陽才鬆了一口氣。

我說：「那雙鞋好恐怖。」

朋友也說：「對呀！覺得毛骨聳然！很恐怖……」我們始終搞不懂，為什麼那雙鞋會在那裡？

下山後，我們去找她男朋友。他男朋友一看到我們，就很緊張問我們去了哪裡。一聽到我們去了涓絲瀑布，便很生氣得罵了我們一頓，然後才告訴我們這個故事：

有一對兄妹彼此相愛，但是礙於倫理，不能在一起，兩人便決定殉情。

他們相偕從涓絲瀑布一起跳了下去。男的死了，女的被救起，但聽說男的屍體一直找不到。

女的被救後，又再跳一次，離奇的是，這次跟男的一樣，屍體也找不到。此後，每年農曆七月的時候，她們殉情的地方都會出現一雙紅鞋。到底怎麼回事？沒有人知道。

不過，據說不是每個人都會看到那雙鞋的，看到的人要是在當場亂說話，或是觸碰到它，後果就不堪設想。

聽到這裡，我跟朋友兩人雞皮疙瘩掉了一地。回頭想想，真的很恐怖。因為陽明山上每天都有一大票人去爬山，偏偏我們沒有遇到半個人。既然我們看到那雙紅鞋，那代表可能會有不祥的事要發生。更恐怖的是，對於那雙鞋，我和她第一眼的感覺都是「跳下去」！

大廳裡的高個子

我在小學三年級的一天中午，吃過午飯後，拿了一把柴刀到我家的後院砍甘蔗，出門的時候不小心把大門的插鞘拉過頭，把門鎖上了。

我這裡說一下我家是這樣的：中間一個廳，廳兩旁是兩個大房，廳前面是天井，天井旁有兩個小房，右邊（以我背對著大門方向定）大房連著一個廚房，廳和大廳上有閣樓。

大門外有個廣場，連著有魚塘和稻田，屋兩旁和屋後是個菜園子，種有蔬菜，果樹和甘蔗。

等我砍了甘蔗準備進門，才發現門被鎖了。鑰匙就掛在大門右旁的小房間窗框邊上。我正準備爬上窗框拿鑰匙，卻透過小房沒關的門看到一個頭戴毛線編織的帽子，身穿一件灰色紗布衫，衣服紐扣是用布做的，穿一條黑褲子，腳穿一雙長筒水鞋的高個子，正站在大廳正中靠近天井的地方，沒有表情直視前方，分不清男女。

我當時不懂得怕，就是覺得奇怪，便跑去告訴我的同學，有幾個人在一起我忘了，大概三五個吧，其中一個我很清楚記得是誰，我說「怎麼有個人在家裡的？」之類的話，他們跑過來看了，表示看不到，我再去看，還在啊。他們又去看說看不見，我再過去看還在啊！這樣重複了兩次吧。我就拿著柴刀敲大門，大聲地說：「你是誰啊，快點給我開門，要不然我就殺了你！」然後再跑到窗邊看，他（她）還在，我再敲門，再看還是沒有變化。就這樣重覆了四五次，他（她）還是沒變化，我就跟我的同學說，你們在這裡看著，我去叫我四姑婆過來。

因為當時是農忙期間，大人都工作去了，家裡沒人，我每次回家都是鑽狗洞。這絕對不是開玩笑的！後來找到我四姑婆，她當時剛洗了頭，頭髮用一個簪子簪著。

聽我說了後，她就拿了個趕雞用的大竹掃帚跟我過來。但結果是，我們再也沒見到那人了。

這件事我跟我的一些國中同學，大學同學，朋友說過，以前每一次說我都起雞皮疙瘩，兩年前過年時曾告訴過我爸，我爸說我爺爺當時正在隔壁的鄰居家聊天，聽說後就跑回來到處看了，但什麼也沒有。

這次跟我爸說的時候也起雞皮疙瘩了，後來就不會了。

後來我媽媽聽完我的描述後，說可能是我五姑婆，她生前就喜歡逗小孩。雖然是親人的鬼魂，我心裡想起來還是會害怕的。

3

鄉野怪事多

因為家裡經濟條件差，我岳父就拒絕就醫，在家裡靠中藥維持生命，其中好幾次陷入昏迷時，大家都擔心他是不是不行了。就在那一天早上，天剛亮，村子裡一個老人起來到河邊放牛，就看見我岳父的魂，只有上半身，戴個鴨舌帽，提個籃子從河對岸，輕飄飄的往自己村子裡走。

鄉野鬼話

從剛開始接受教育的那一天起，老師便教導我們，這個世界上是沒有鬼的，但是後來經歷的一些事情讓我對產生了懷疑，於是我就在想，不知道老師在向我們教授這些東西的時候，是不是在欺騙我們，甚至是欺騙自己呢？

我出生在山上的村子裡，我想很多人應該和我有一樣的想法：農村的人是比較傳統的，所以關於鬼魂的故事相對於城市來說也就更多一些。在此，分享一些在我身邊發生的真實事件：

林中五鬼

大概是在我讀小學四年級的時候，我們隔壁村子死了一個人。有人死掉是很正常的，但是我之所以對這個人的死記得這麼清楚，是因為這個人死得很奇怪。

他姓馬，年紀約在二十八到二十九之間，身體很健康，是他們村子裡的有為青年。那天下午他像平時一樣在田裡忙完後便趕回家吃，同行的還有他的一個伙伴（四十到五十歲），當他們騎自行車經過他們來過無數次的大橋時，夜幕也開始降臨，突然他對同事說：「你看那邊，怎麼有五個沒有頭的人騎著自行車，手和手連在一起？」（本文中的一些話是引用他同事的回憶）當時他的同事心裡就噗通一下，因為他知道，在二二八白色恐怖時期，那時候馬姓青年還不懂事，在橋邊的樹林裡面曾經槍斃過五個男人！他順著馬姓青年手指的方向看過去，什麼也沒有，於是他便安慰道：「你看花眼了，那裡什麼也沒有！」

對此，馬姓青年十分肯定自己確實看到了！回家以後馬姓青年就病了，病得莫名其妙而且嘴裡胡言亂語，說著一些讓人聽了感到恐懼的話，例如他會指著一個明明沒有人的地方說：「啊，不要過來啊！」

醫生也不知道他是怎麼了，因為他明明就沒有生病，身體一切正常。幾天之後他的身體就消瘦得不成人形，臉色蠟黃，經常告訴別人有人在他頭頂吸血。大家都知道他中邪了，但是沒有辦法，因為連村裡的巫醫也無法把鬼送走，五天後他就死了，還搞得附近的人恐慌了一段時間。

阿明的故事

現在講一下我自己的經歷吧！我有一個從小玩到大的好朋友，他的乳名叫阿明，天生有一頭紅色的頭髮，就好像你見過到的紅馬的毛色。

七八年前阿明生了一場病，病因是吃了太多的李子，好像是一口氣吃了四斤吧，的確很驚人的！李子吃多了對身體不好，從那天起他的胃就不是很舒服，只能靠胃藥緩解痛苦。

這樣持續了很長時間，到後來他實在堅持不住了，於是就去醫院檢查，醫生得出的結論是壞血病，在大醫院輸了很多血，到後來還是被醫院撐出來了。醫生覺得他沒救了，不想繼續浪費資源。

他的父母到處求人家，最後只能請救護車把他送回家，因為那時他已經不行了，尿尿都需要有人扶著，甚至連站都站不起來。

回家之後父母覺得他這病很蹊蹺，懷疑有可能是中邪了，就把鄰村的巫醫請來。這時候巫醫發揮作用了，（前一個事件裡也是找這個巫醫），紮了紙人燒了，再燒一些冥紙就好了。

看來，有些時候還不得不迷信一下啊！幾年以後每當說起阿明，村子裡的人都說阿明是上天送來糟蹋他父母的。兩年後他又病了，這次是胸前脖子下方長了一些腫瘤，經檢查是骨癌，動手術切除以後還是很快擴展到全身，臨死前他大口大口的吐血，死後眼睛還睜著。我想他大概是還有很多事情沒有完成，很多願望沒有實現吧！

幾天後我放假回家才知道他已經走了，聽到這個消息的時候我正在吃飯，眼淚當場就流下來了。

我一直覺得很對不起他，因為四月份我回家的時候，他正在生病，父母沒有讓我去看他，一是怕傳染，還有就是怕我以後害怕（知道我膽子小，也知道他是活不過去了），沒有想到我連他最後一面都沒有見到。

後來我經常想起他，每當暑假或者寒假快要回家的時候，我總是會夢見他，雖然我有點兒害怕，但是我覺得他是不會傷害我的，因為我們是好朋友。

在我們那裡，老人死了通常是不會讓人感到害怕的，但是年輕人就不一樣，因為大家覺得年輕人死了會有很多怨氣，需要發洩。

我也聽說了許多關於阿明的傳言，例如：他曾經跑到他表姐上班的百貨公司胡鬧害得他表姐工作不下去，到最後還必須請家人到派出所把他保回家；在他奶奶死的時候，他緊抓著母親不放，大哭大鬧，還說了許多很想念奶奶的話；他的二姑媽還說親眼看見他騎著高頭大馬向南而去等等。

兩年後的寒假，我回家去準備要過年。有一天兒時好友阿生來找我去他家坐坐，我心裡有點兒害怕，因為阿生家和阿明家的距離太近了，只有五十公尺，但是由於盛情難卻，我還是找了另一位死黨阿洋一起去了，因為我們是好哥兒們。

晚上睡覺的時候，我們三個人擠在一起，阿生的爸爸出門喝酒去了，而他媽媽很早就跑掉了。我們三個聊了一會兒後就睡著了，他們知道我膽子小，讓我睡在中間，呵呵，不好意思。

睡到半夜的時候，我被最外面的阿生拍醒了，他的手很用力的拍我的臉使我不得不醒來。我看到他的眼神裡流露出恐懼，大聲喘息著，還不停喊著說：「嚇死我了！」

我趕緊問他怎麼了，他說天亮了再告訴你們，你們兩個陪我說說話吧，於是我就和他有一句沒一句的聊著，很快便又睡著了。

沒多久，在朦朧中我感覺到阿洋在拍打我的大腿，於是我醒了，順便把阿生一起喊醒。此時剛好公雞也啼叫了，我們的膽子也開始大起來，阿洋急忙告訴我，阿明剛才來掐他的脖子，阿生也附和道：「是啊，他也掐我的脖子了，我都看見他在我的胸前，壓在我的身上，而且我的手摸到他的胸膛了，他的胸膛很涼！」

天一亮我就馬上跑回家。

從那以後的七天裡，我一直很害怕，天黑之前必定回家，然後不再出去，一直到大年初一晚上以後才開始好一點兒。

後來我才知道，阿洋和阿生平時每當經過阿明的墳前總要和他說幾句玩笑話，我想大概是阿明生氣了。

山野靈異事件簿

我是快要四十歲的人，出生、長大到成家都一直待在山區的農村裡，這麼多年來自然也就接觸了不少事情，現在說出來給大家增廣見聞。

老實說，山區的人特別相信鬼神，加上親身經歷的事情更教人不得不信，我們山上有座香火鼎盛的菩薩廟，許多赫赫有名的政治人物選舉時都會來拜，據說有求必應。廢話少說，故事開講囉！

白煞王

山區的村子都是不連接的，也就是一個村落一個村落，都有一段距離的。從我的村子到一個叫啄坑的村子有三里路，路兩邊有稻田和小山丘。

小山丘通常都是有墳墓的，有一年刮大颱風、土石流爆發，我們那邊就有很多無家可歸的人。

有一天下午我們村子來了一對夫妻，在我們這邊接受援助以後就去那個叫啄坑的地方去，走到半路上就被嚇得屁滾尿流跑回來，然後臉色蒼白的向住在我家對面的叔叔說，路上有個看不到頭的白色人形的東西攔住路，並且越長越高，他們從來沒有看見過這怪物，嚇得轉身就跑，還好那東西沒有追過來。他們幾乎是癱在地上休息了好長一段時間才又離開。

我們那裡把這個東東叫白煞王，還有黑色的黑煞王。當地傳說中碰到白煞王一般沒有什麼事，要是碰見黑煞王，就凶多吉少了，因為它會要人命的。這個白煞王後來附近的人也見過一次，也是嚇個半死，近幾年倒是沒有再聽說了。

媒人抓死人

那時候他大概四十歲左右，是個賣牛的。個子不高，人黑黑的，因為他幫我堂哥做媒，所以那時候我經常和我堂哥去他家玩，他是很奇怪的一個人，經常無緣無故的在家裡睡上幾天幾夜，醒來後就說他去哪裡哪裡了，去和幾個人一起抓人去了。

他家的人一開始不相信，以為他神經不正常，後來一打聽他說的那個村子是哪個時間死了人，一下子大家都怕他了，但他正常的時候一點也看不出來有什麼毛病。

這樣的情況持續了好幾年，後來就不得那樣睡了，平時人也很好的，但是他結果沒有好下場。

五年前，他在晚上背了一個捕魚的電魚器，不知道怎麼回事，就把自己電死在河壩下的淺水塘裡，那地方水最多也只有三十公分深左右。

我最感到奇怪的是，因為我也電過魚的，這樣是電不死人的，也許是他洩露過天機吧！在這裡我祝他來生走好。

菩薩頭像退家蛇

離我們村子大概有八公里的一個山腳下村子裡，有過好幾次奇事，呵呵。

從頭說起，記得爆發土石流那年吧！山溝裡全是洪水。山區的洪水大家見過就知道那是什麼樣的，什麼東西都有，冬瓜南瓜死豬死雞的往下游漂的。但是就是有個木頭雕刻的菩薩頭像，它是往上游漂。許多人都看見了，到了他們這個地方後就漂到河邊，於是有村民就把他請了上來，等洪水退了人們就把它建了個像土地廟一樣的廟供了起來。人們有事就來燒香求拜，通常都很靈驗。

山區的蛇是很多的，一般人家庭都有。我就記得我小時候，大白天經常躺在搖籃裡，看樑上手腕粗的家蛇爬過來爬過去，心裡也不害怕的，呵呵。某日也是在白天，在一個村民家裡有一條蛇在他房間裡盤著。

一般這種情況很少有，家蛇一般是見人就走，也不來嚇人的，當時他很年輕，就用棍子把他打死了，結果不到兩個小時，他家裡地上全是蛇，人都沒辦法進去。

當時別的村都來了許多人來看熱鬧，誰也不敢去打它們，也拿它們沒辦法，屋子都進不了，別說還要生活了。

這時有位年紀大的人就想到去求這個菩薩了，說，菩薩慈悲，保佑他們過了這一劫，他們就馬上重修廟，重新裝金供奉。

結果，這群蛇不一會兒就退了。後來村民們紛紛添香油錢，在山上修建了廟宇，把菩薩請進去供奉，香火越來越鼎盛。

後來又發生了一件事。當地的一個痞子，看上了廟裡惟一的一個守廟的尼姑，晚上準備去騷擾她，結果就在這個山頭上繞了一夜都沒有找到廟，呵呵，也是奇事了。

回門夜

我的舅舅是車禍死的。我頭一天晚上頭疼的要死，第二天上午他就發生意外了，同時出事的還有我舅舅的舅舅。當時我舅舅只是骨折，而他小舅舅當場昏迷，送去醫院人家都忙著搶救他去，我舅舅還和親戚說了話，半個小時後他就不行了。

轉送省立醫院後，發現是脾臟大出血，已無力回天了，唉！我可憐的舅舅。

他死後回門的那天晚上，在堂屋裡放了一張桌子，一個香油燈，擺一些菜和酒杯碗筷，還有一碗飯，飯裡再放個熟雞蛋，雞蛋豎立起來，再插一雙筷子，我們叫「倒頭飯」。然後由亡人長子到墳前批一件亡人的衣服，由下葬時所走的路，叫亡人的名字，接回來吃亡人飯。我因為對這些有些害怕，所以就和其他人在房間裡聊天，我爸爸是膽子比較大的人，他經常說人死如燈滅，沒什麼的，結果那天晚上他就嚇著了。

他是一個人在大廳裡，想等我大表哥回來，結果我大表哥要到家的時候，掩著的大門突然吱的一聲開了一個小縫，好像有東西進來了一樣，同時感覺到香油燈一閃一閃的，嚇得他趕緊就跑到我們房間來了。

不到一分鐘我表哥就到家了，那天晚上沒有大風，小風根本就吹不動我們家這種大門，我爸爸現在提到這件事還起雞皮疙瘩呢！

誰家的小孩跑來玩

我有兩個舅舅，都比我小好幾歲，我的大舅舅，十歲的時候也比較貪玩，什麼地方有熱鬧就往哪裡去，連大人也看不住的。村子裡有人暴斃了，死後家裡一直很不安寧，就去請了一個道士來做法，他知道了就偷偷和其他小孩一起去看熱鬧去了。

那個道士做法時念了咒語，手朝天一揮，念聲「去！」，他就順著道士的手看到天上有件破衣服在天上飛，他當時還叫其他人看，但其他小孩都看不見。從那裡回來後他就發熱頭痛，家裡人知道了原因就請人來做法之後，他才好轉。

我的小舅舅就更詭異了。在他七、八歲的時候，那時候農村買電視的很少的，一到晚上大家都去看電視去了，他爸媽那天晚上也去看電視去了，說一會兒就回來，要他在家裡看門。

他就在家裡，一個人在家裡玩，這時他就看見一個穿花衣服的小孩，跑進房間來，圍住他轉，然後陪他玩，玩著玩著那小孩就躺在地上打滾，叫他去追它。

那時候他家的房子後面就是山，那小孩就往山上滾，我小舅舅就在後面追，剛剛跑到山上，一個村子裡的人路過，那人一看他一個人晚上笑嘻嘻的往山上爬，就趕緊拉住他。

這一拉，他就清醒了，那個小孩也不見了，他就問那個大人，剛剛那個小孩呢？大人一聽，嚇得什麼都沒有說，趕緊就把他抱到他爸媽那裡，到現在他還清楚記得那個小孩的模樣，恐怖。

靈媒

我家鄉有很多人遇到靈異事件時，都去找離我們家很遠的一個靈媒去看。就在我岳父隔壁的村子裡，有個小孩被水淹死了，就埋在亂葬崗中，他的母親後來懷了兩胎，總是養不大，幾個月就死了，然後她就去看這個靈媒。

靈媒問了她的住址後，出神過來看了看，就說你以前的小孩屍體沒有爛，所以他投不了胎，就來糾纏你，你把他挖出，用火燒掉就可以了，她半信半疑的回來後，請人去把小孩挖出來一看。果然沒有爛，成了乾屍。她辦了儀式將屍體火化以後，她就又生了一個男孩，奇怪的是村子的人都說和以前死去的男孩長得一模一樣。

我的堂嫂子的娘家房子是以前蓋的，用的磚頭什麼的都是在山上撿來的，這幾年日子好了點，我嫂子的媽她就不放心這個房子，擔心裡面有墳磚什麼的，也去請靈媒幫忙看。她報了她的地址後，靈媒就出神過來看了，找到她家的時候，問是不是有多少臺階？門口有什麼樹？家裡有什麼家具？全說對了。

甚至連他的孫子當時正好中午放學回家吃飯，她也看到了，實在是感應超靈的。最後靈媒就說她家裡沒有問題的，不用擔心。她們後來給了靈媒五百元就回來了。

本來她們對靈媒有點半信半疑的，這下整個村子的人都相信了。事實上，我們村子的人有什麼疑難雜症也會去找這個靈媒，通常問題都能夠得到滿意的答案。

為活人招魂

那還是十幾年前的事，我還不認識我老婆呢！那時候農村的生活還是很苦的，經濟根本只能維持一家人吃喝。我岳父因為小孩多，家庭負擔比別人都重，積勞成疾，患了胃炎，一直拖成了胃出血。檢查時說已經胃穿孔了。

因為家裡經濟條件差，我岳父就拒絕就醫，在家裡靠中藥維持生命，其中好幾次陷入昏迷時，大家都擔心他是不是不行了。

就在那一天早上，天剛亮，村子裡一個老人起來到河邊放牛，就看見我岳父的魂，只有上半身，戴個鴨舌帽，提個籃子從河對岸，輕飄飄的往自己村子裡走。他看得很清楚，他什麼也沒有做，就看他消失在離自己家的不遠處。回來後他就對別人說，當時還不敢告訴我丈母娘，是我岳父病好了以後，他來看我岳父時才說出來的。

還有一天晚上，我岳母服侍好我岳父睡著以後，就出門去倒水。她才一出來就看見我岳父只有上半身，低著頭，從外頭向家裡飄來，她嚇得把水盆一扔，跑到床後面躲起來，叫著我岳父的名字。我岳父的魂進來的時候，她說他身上都冷颼颼的，要是別人嚇也嚇死了。

在我們家鄉的說法，生魂往家裡走是好事，生病的人就不會死了，再後來我的舅舅籌到錢，就把我岳父強行送到醫院動了手術。可是手術後住院沒有幾天，他就自己跑回家了，不在醫院裡住了，因為醫院的費用是很可觀的，後來他就好起來，到現在身體都不錯。在此，我祝他老人家健康長壽。

有朋友要問，怎麼有病不看醫生，唉！不是人人都想死的，那都是無能為力才會聽天由命的。

會動的茶杯

我們這個村子是一個大姓人家，共有兩百多人，都是一個姓，都是一個祖宗的，因此我們的輩分也是分得很清楚的，有六七十歲的老人見了我要叫我舅公；碰到一個小孩，我可能還要叫他叔叔。很好玩吧？

我有一個堂伯也是患了重病，每位醫生都束手無策，最後還是病死了。他在患病之前，就經常看到家裡一些奇怪的事情，我們也都知道的，他往往睡到半夜醒過來，就看見桌子上放著的茶杯在亂跳亂動，有時候還砰地一聲掉到地上來。當時他很害怕，又不敢跟家裡人講，捂著被子就睡覺。

第二天天亮一看，茶杯還是好好在那裡，後來看見的次數多了就不當一回事了。有時候茶杯動的時候，他還是會爬起來看看，可是一接近它茶杯就不動了，上了床以後茶杯又動起來了。

我們聽說了之後都說是老鼠精在嚇唬人，也有人說是風吹所造成的，可是他表示當時門窗都是緊閉的。奇怪的是他家所有的人中只有他才能看得到，而隔沒有多久他就生病了。

他在生病期間的一個大白天，他在屋外做點農事，就看見有個人輕飄飄的也沒看見從哪裡來的就進了他家裡，他追進去一看，什麼東西都沒有，他因此嚇得病更重，沒多久就死了。

狐狸精

我有一個三伯父，他的家就在第一個故事中的路邊，門口有一個小池塘。我小時候經常用漁網去那裡捉魚，常常捉到許多鯽魚。他當兵退伍後就在家裡編織各種農具來賣。他很聰明，手藝也是一流的，我家裡至今還保留著他編織的一張圖案精美的竹席，看到他就想起他的音容笑貌。

唉，好人不長壽啊！他在家裡不知道什麼時間招惹了一隻狐狸精，整天纏著他。我三伯沒多久就有點發瘋了，經常自言自語的，在我家做事情的時候，突然就要回去，說河裡面有魚要等他去捉，搞得我媽媽哭笑不得。那時候我們附近那個靈媒好像還沒有出道，我三伯母也就沒有辦法，請人驅邪了多次，那個東西就是不走。

後來在初秋的一個晚上，他就莫名其妙的死在我們每天洗衣服的一個水溝裡，嘴裡全是煤油味，到底是怎麼回事也沒有人能說清楚了。

可憐我的三伯母和兩個未成年的堂弟，在以後的日子裡受了不少苦啊！

再說那個狐狸精自我三伯死後安靜了幾個月，卻又找上了我三嬸家，於是我的這個三嬸自稱自己是大仙，每天晚上半夜起來打坐，折騰了兩個月後，不知道怎麼回事，這個狐狸精就走了，再也沒有來過。至於我那倒楣的三嬸，則在去年因為肝癌去世了。

走夜路

我們的山上有很多野兔野豬什麼的，因此我們這邊就有不少人用獵槍和獵狗什麼的來抓這些小動物，來賺錢補貼家用。

大部分的人是業餘的，什麼也沒有，就是靠看地上的洞新舊程度來判斷有沒有獵物在裡面，然後用工具挖。我們一個村子裡就有好幾個人是用這個方法來抓獵物的，但是夜路走多了總要見到鬼的。

在初冬的一個晚上，有兩個人一起去山上找洞去了，身上帶了柴刀，還有鐵鍬。晚上有月亮，他們就節約電池，就沒有開電燈，藉著月光朝山上爬。

他們爬了沒有多遠就看見小路突然變寬了許多，他們也沒有想什麼就繼續爬，奇怪的是明明是條好走的路，爬起來卻超費力的，而且就聽見鐵鍬碰到柴枝的聲音。其實那時候他們兩個人都已經迷糊了，就是想不起來這回事，他們大概花了一個小時還沒有到目的地，人也累的不行了，兩個人就想休息一下。

於是他們就爬上一個小坡坐下來，掏出香煙，用打火機點著了，這一點火可把他們嚇死了！透過打火機的光，他們竟然發現自己坐在一個鄰村死了沒有幾個月的女人墳墓上頭，嚇得他們跳起來就跑，一直跑回到家，才回過神來。後來，有好幾個月大家都不去山上找獵物。

晚上獵兔

我有一個朋友，住離我們家很遠，以打獵為生。他有一把獵槍，死在他手上的獵物不可記數，他也一直沒有碰見過什麼奇事。

就在五年前一個夏天的晚上，他碰見了一件終生難忘的事情。

那天晚上，天上也是有月亮，他一個人上山了，在山腳下他打了兩隻兔子後，就再也沒有找到獵物了。

於是他就向山腰一個平臺上走去，剛上平臺又發現一隻兔子，他開槍了，直接打死，撿起來後，他就朝平臺裡面去。沒有多遠，他就看見一個大紅火，那是兔子的眼睛光，他直接舉槍瞄準，同時他看見是隻大兔子，它坐在路上看著他，他開了槍，槍沒有響，但點火的引硝響了，按道理這時候兔子聽到聲音肯定要逃了。

但是它還是沒有動，還是坐在那裡看著他，我朋友一看笑死了，趕緊換引硝，再舉槍瞄準，開槍，啪的一聲，引硝響了，槍還是沒有響。那個兔子還是沒有動，他火了，再換引硝舉槍瞄準，開槍。還是沒有響，那個兔子還是在那裡只是動動頭，還是看著他。

這時候我朋友一股寒意就上來了，他知道碰見邪門了，他就看著那隻兔子，慢慢倒退回來，直到看不見那兔子的時候他轉身就跑，到了山腳下，他一屁股坐在地上，抽了好幾根煙才鎮定下神來，他再換引硝，對空中開槍，砰得一聲槍響了，他就立即回家。

過了幾天他就下山找事情做，再也不去打獵了。

冤死的的女主人

有一件我岳父那邊一個村子的恐怖事件，事情經過將近十年的了，說來給大家聽聽。

他們那個村子我經常經過，是在小山腳下，那時候路很窄，騎自行車要是沒有一點功夫是不行的，我就在那裡掉到田裡一次，呵呵，尷尬死了。

記得好像是夏天的事，有一家的女主人大該只有四十五歲左右，不知道為了什麼很小的一件事，跟他老公吵架了，晚上就喝農藥死了。第二天她娘家來了很多人，把她老公暴打一頓，說是她老公把她逼死的。

他老公一肚子委屈也沒有辦法，就這樣折騰幾天後，就把死人抬到山上埋了。從埋葬的那天晚上開始，他家裡就不太安寧，總是莫名其妙的有聲響，最恐怖的是他家裡在大廳的一個已經壞了好幾年的鬧鐘到深夜的時候突然會敲響鈴。

這不是一個人聽見的，隔壁人家也能聽見，結果那幾天整個村子一到天黑就家家關門睡覺，沒有人敢出來串門子。我岳父那邊村子同樣受到影響，也是夜不串門了。

這個男主人實在受不了了，就把那鬧鐘狠狠摔到地上，結果他就看到一道光，從鬧鐘裡一閃出來並馬上消失了。

大概過了三個月，我們那裡的說法是人死後要三個月後才能找靈媒看東西的，他和她娘家人就一起去找靈媒，把他老婆的魂叫上來，附在靈媒身上。

她老婆一上來看到他老公就哭，說她不想死，是一個陰差找錯了人，把她拉下去去了，才發現拉錯了，可是人死也死了，她就不服氣，要回來，所以才在家裡胡鬧。

她要他老公想辦法救她，可是現在屍體都爛了，怎麼回來啊！她老公就問她有什麼要求，儘量滿足她，請她不要鬧了，回來後家裡就安寧了。

我們那裡的靈媒很靈的，把死人叫上來附體後，她的聲音就跟死去的人一模一樣，口氣和說話速度也是一模一樣的，讓人絕對相信是那個死人上來了。一個人不可能學會每個人說話的語氣，更何況還有每個人的隱私。

我們當地人判斷一個靈媒是不是靈的標準，就是看他能不能說自己生前的隱私，看看家裡有什麼人或有什麼家具怎麼擺放的，死人就是他上來後，是否準確認識在旁邊的家人，說話語氣音調是否和在世時候一樣，是否知道從他死後家裡後來的變化等。用這幾件事來推論，就可以知道靈媒召喚來的人對不對。

一般來說，我們那邊大多是女性靈媒，男性好像沒有聽說過，女人要靠學男人口氣說話來騙人非常不容易，所以親眼見到的人都相信靈媒是真的能通靈。

龍槓

幫死人抬棺材需要一根大木頭，我們當地叫龍槓，在附近幾個村都共用同一根龍槓。

這個龍槓有好幾十年歷史了，是一輩輩傳下來的也數不清抬了多少死人了，見證了多少家庭的痛苦分離了。

我們村子以前死人抬棺材的都是義務幫忙的，現在可能要給點茶水費，這倒也無可厚非。

說到這個龍槓，它平時不用的時候就是放在專門給人家抬棺材的人家裡，每次死人的時候，這個龍槓就會在晚上發出響聲，是那種給人翻動的聲音，時間長了他們竟然能從響聲的大小中判斷出死人的年齡，有時候還能判斷出是男是女；還有另一個村專門做棺材賣的，他家做的棺材也是，但不是每一次都有響聲。

記得前幾年有個年輕人死了，前天晚上他一個還沒有做好的棺材，放在大廳裡，晚上聲音就特別吵。剛開始他家人還以為是老鼠在拖東西才發出這麼大的聲音，到大廳一看什麼都沒有，可是只要人一走，聲音就又來了。

搞了好幾次，把他十六七歲的女兒都嚇哭了，一家人晚上整個都沒有睡好覺。第二天上午就有人來要棺材，說有個三十幾歲的男人死了，這才知道是死人來催著他要棺材。

陽明山鬼話

我以前的高中同學交了一個文化大學的女友，有一天她就和班上的女同學跟兩個男生一起上陽明山夜遊。她們在途中一直聊天，聊呀聊的，不知怎麼的，發現了一條往更深山的小路。

在小路口，大概是有人亂說了什麼話，那朋友的女同學就覺得頭暈不太舒服，可是因為那兩個男生堅持要上小路看看，所以她們還是往小路裡走。

沒想到一上去，那個女生的頭更暈更痛了，大家也不知道怎麼辦，就想說往回走算了。沒想到這時候那個朋友的手機竟然響了起來，在已經是很深山的地方根本收不到訊號，那朋友顫抖的把電話拿起來看，不看還好，一看上面全部顯現了數字4，滿滿的一大堆，嚇得兩個沒水準的男生拔腿就跑，機車一發動馬上騎走，只留下那兩個女生。那朋友跟她同學當然也不敢繼續逗留下去，趕快也把車騎走了。

更恐怖的是，當她們兩個女生已經夠害怕的時候，迎面開來一輛汽車，在汽車通過之後，坐在後面的那個頭暈的女生拉拉她朋友，快要哭出來的說：「妳剛才有沒有看那輛車，好像怪怪的。」那朋友往後照鏡一看，看到了一幅驚人的畫面——有一個人趴在車頂上瞪她們。

小孩的手

這是發生於南投某一村落的故事。故事開始之前，就先將主角稱作大明吧！

話說這一天大明剛好放假，於是約了幾個朋友準備騎機車到南投去作一次探險。

大家決定這一次的旅遊以借宿方式，省去訂房間的錢，也可以多玩幾個地方，於是大家準備妥當後，跨上自己的愛車呼嘯的向前奔馳，享受著夏天迎面而來的涼風吹拂而過的那種舒暢的感覺，就這樣一路上說說笑笑，也不知道過了多久，抬頭一看竟看到民間鄉還有幾公里的告示牌。

這時大家也覺得天色已晚，應該找個歇腳的地方，於是沿途注意看看有沒有住宅，可是越走越遠，越走越往山上去。

這時，大明覺得不太對勁說：「怎麼走來走去都沒有看到一間房屋，而且這個地方剛才好像走過了，你們有沒有注意到啊！」

直到大明這麼一說，大家才覺得好像是有一點熟悉的感覺，於是決定先在此做一個記號，看看等一下是否會再看到這個記號，這時大家內心無一不是希望不要再看到這個記號，因為根本沒有勇氣承受這個打擊，在這個人生地不熟的地方又碰到鬼擋牆實在不是什麼好事。

不料事與願違，約莫過了三十分鐘的車程，他們看到了先前的記號，這時大約是晚上七、八點的時候了。大明這時候說了一句話：「是要繼續往前走還是在此等待，看看是否有人經過呢？」經過大家表決，有人說：「車子再繼續走的話會沒有汽油，乾脆就在此等看看，我記得我媽跟我說過，遇到這種事，只要有一個人叫了你一下你就會清醒過來。」

這時大家決定採用這位同學的意見，天色越來越暗，在遠處也發出了樹葉受到風吹所發出的咻——咻——的聲音，大家心想這次是要在這裡睡一晚了。

「還好有伴，不然可能會嚇死在半路。」有人半開玩笑的說，用意也是壯壯膽而已。又過了將近一小時，這時已是晚上十點多了，突然有人看到在路的盡頭有一絲微弱的光線射向這邊，大家有的拿起衣服，有的拿樹枝揮舞，想要引起那輛車的注意。

大卡車的司機看到了這群學生，停車問他們在幹什麼這麼晚還不回家，大明將事情的原委從頭說了一遍，大卡車司機答應送他們到有人的地方。

又過了不久，終於看到了一戶人家，大明代表大家向這戶人家借宿，這戶人家很樂意的同意了，可是有一個條件是晚上不要亂跑。原因雖然沒有說明，大家也就同意了。由於受到了白天事件的影響，而且也騎了一整天的摩托車大家也累了，於是盥洗完了以後，大家就在自已分配的房間倒頭就睡，為的是明天的路程還要有充沛的體力才能回到家。

到了半夜，大明因為內急要起來上廁所，可是這種鄉下地方的廁所都是離住家有一段距離的，大約還要走上個十公尺，大明顧不得燈光明暗，只好硬著頭皮往前走去（鄉下的廁所都是蹲式的而且是三十幾年前的那種，排泄物要作為肥料的那一種）管他三七二十一先上再說，顧不得臭氣沖天了。就在大明上到一半的時候突然覺得屁股有癢癢的感覺，大明不以為奇，可能是昆蟲或是蚊子之類的蟲子吧！

又過了一會兒，突然有一種莫名的感覺——有東西在糞坑裡！

大明於是草草的上完廁所，就在準備起身的同時，他的屁股被人用手打了一下，就像我們平常打同學屁股的那樣，可是力道並不大。大明越來越怕，趕快穿上褲子準備往外跑，就在準備拔腿的時候，右腳拔不起來，發覺有人抓住他的右腳，他將眼睛往下移到腳踝的地方，清清楚楚的看到一隻細細小小的手，可以確定的是那是一隻嬰兒的手。這時大明已經幾近發狂，死命的只想掙脫這一隻小手，終於大明擺脫了他的糾纏，連滾帶爬的回到房間，趕快叫醒所有的同伴，說這裡有問題。他將剛才的一切說給大家聽，此時有個人發現大明的右腳腳踝有很明顯的手指抓痕，這時有人說看看你屁股是不是也有，結果當然是有，只是沒有那麼明顯罷了，就這樣大家都不敢睡一直到天亮，但也沒有發生什麼事，只是發覺大明的抓痕越來越明顯由原本的紅色變成了瘀青。

隔天，大家問了這一家的主人，這主人說那個廁所已經很久沒有用了，你跑錯間了，那間廁所因為以前曾經有人將墮胎後的小孩丟到裡面，後來相繼傳出事情，所以就沒有再使用那間廁所了。可是，為什麼不將他鎖起來呢?主人說因為昨天是農曆初二，所以要拜拜，拜完後忘了關，實在很對不起大家，害大家受到驚嚇，這時大明覺得還好只是被抓住腳，要是被拖下去的話，那不就玩完了。

中橫夫妻樹

在台灣山區的中橫公路有一株夫妻樹，據說是一對愛侶因為雙方家長的反對而不能相守，兩人相約在此殉情。之後，便長出了兩棵相偎相依的檜樹。後人為紀念他們堅貞的愛情成全兩人的心願，就地讓兩人拜堂完婚，謂之夫妻樹。

然而，在山上的原住民之間流傳的並不是這種說法，關於這兩株樹根本沒有動人的淒美傳說，甚至原住民們相傳著這兩棵樹是兩個壞巫師的化身。

因為作惡被正義的巫師們禁錮在這兩棵樹身中，而這兩棵樹在原住民們的口中也不叫夫妻樹，卻是帶有一絲邪惡、恐怖稱謂的惡魔樹。

當然，淒美的愛情故事總較討人玩味，誰會去在意什麼惡魔樹的說法。當下就給比了下去，大家想看的當然是這愛得死去活來的愛情故事所留下來的見證，管它什麼鬼、魔的掃興之說。於是一車一車的遊覽人潮就不斷湧入，然而一些不可思議的事情卻發生了，不是愛情故事的男女主角出來跟你打哈哈，倒是惡魔們出來要人性命。

民國七十九年，一部遊覽車來到了夫妻樹，目的當然是好奇的遊客要來看看這夫妻樹倒底長得什麼樣子。

司機先生把遊覽車開到夫妻樹旁的空地停好，習慣性地拉好手剎車，讓導遊小姐對旅客解釋著夫妻樹的由來：

「……說也奇怪，右邊這兩棵連專家也沒辦法解釋，為什麼兩棵巨大的樹會單獨長在懸崖邊？原因很簡單，這二棵樹是一對情侶變的，他們堅定的愛情，使得樹身在此屹立不搖。」

就在解說到一半，有人突然舉手：「司機先生，冷氣怎麼開得那麼冷？」連導遊小姐也覺得是開太強了，但是司機先生說早就把冷氣關了，哪有人到了高山還開冷氣！

司機先生早就快被禁煙的車廂給憋死，趕緊下了車點根煙抽了起來，車上的旅客也陸繼下車，一部份人則待在車上聊天、休息。就在此時，遊覽車卻緩緩地往後退，在一旁抽著煙的司機見狀，趕忙自地上撿了一塊大石子衝到車後輪胎放下，準備以石頭止住下滑。

不料巨大的遊覽車根本不把一粒小石頭放在眼裡，逕自壓過依然往下走。司機一看情形不太妙，跳上了車，只見駕駛座上一團白霧狀的人影，正對著他傻笑，司機一驚，又跳下了車，只見遊覽車整個墜入百公尺深的山崖下。

這突如其來的巨變，嚇得其他的遊客目瞪口呆，只能眼睜睜著車子墜入山谷，不禁悲從中來，放聲大哭。這樁意外，奪走了十數條人命。

崖上的旅客在意外發生時，似乎聽到身旁的夫妻樹發出了幾聲咻咻的呼嘯聲，崖上的旅客沒有人會否認這兩棵樹就是惡魔的化身。然而，意外並未因此畫下了句點。

這十幾條人命，只是靈異事故的開端。

另一件怪事發生在民國八十年的春節期間，住在台北市的許先生一家五口，突發其想的來到中橫度年假。

但是，老天好像不太眷顧他們一家人，每家飯店和旅館早在一個月前就給訂光了，哪有房子可以住。

天將黑，一家人還是沒地方棲身，終於來到了夫妻樹旁。許先生突然想到後車廂裡還有上次露營的用具，當下就決定在樹旁搭起帳篷露營。

打點完一切，許先生雙手抱胸說道：「奇怪？好冷，好像已經零度以下了吧！」

「廢話！冬天的高山上不冷才怪？」妻子說著，從後座行李箱拿出兩床羽毛被。許先生見狀簡直佩服得五體投地，就算是旅館也不見得這麼齊備。

「小鬼頭們都睡了吧？」許先生問。

「那有可能？還在玩大富翁呢！」

「老婆啊！妳看！那邊也有人在露營，好像還升火烤肉哦！」許先生忽然有種「德不孤，心有鄰」的感覺。

「好啦！這個時候就算有人在夫妻樹上搭樹屋，都不會有人覺得奇怪啦！」

妻子自顧自鑽進帳篷中。許先生自言自語，「說的也是！」凌晨三點半，許家夫婦突然被吵雜的聲響吵醒，似乎說話的聲音就是從帳篷上方傳來的。許太太推推許先生說：「阿德，你出去瞧瞧。」

推開帳篷一看，果然有七、八個人在帳篷外席地而坐，悠閒地聊著天，一看到許先生，紛紛出言招呼。

「對不起，把你吵醒了。」

「找不到旅館住？每到假日，這裡附近旅館全都客滿，真不方便！」

「一起來吃點烤肉吧！」面對熱情的邀約，許先生正感到有些卻之不恭，帳篷內卻傳來自家老婆的叫喚：「老公！你在幹嘛？」

「對不起！我家黃臉婆在叫人了，你們慢用吧！」許先生正想鑽入帳篷內，鼻中卻聞到一陣好似腐肉般的腥臭味，不及多想，一骨碌的走進帳篷，拉好棉被後便呼呼的睡去。

「老公！起來啦！兒子們怎麼全部不見了？快起來啦！」睡夢中被挖起來的許先生，往旁邊一瞧，果然，三個兒子全不見了，正打算起身瞧瞧，帳篷外傳來孩子們的嬉笑聲。

「大哥賴皮，經過我的信義路，兩棟房子要付三千二的過路費才對！」

「哇！小智，你是吸血鬼啊？過路而已，要付三千二？」

「不管！所有權狀上寫的！」小智正據理力爭。

「給就給！你就別走到忠孝東路，一棟旅館，外加一棟房子，至少可以算到五千元，到時候你可別求我！」

「……」

「天要亮了！小朋友再見啦！」陌生的聲音，阿德聽得出來是昨晚的那群傢伙。

「叔叔，你們要走啦！」小智說。

「對啊！你們慢慢玩哦！」

「大叔，你們的烤肉忘了拿！」

「哦！不拿了，留給你們吃吧，再見囉！」阿德心想，怎麼能收人家的烤肉呢？棉被一掀，便鑽出了帳篷，一股血腥味立即灌入鼻子，差點沒昏倒。再仔一瞧，阿德整個人頓時癱坐地上。三個兒子圍坐在地上，正在分食一塊帶毛的動物屍體！血腥味正是出自於此。

滿口鮮血的小兒子對大兒子伸出手來，「我還要！烤肉真好吃！」

三個小孩連毛帶血的吞食著動物的屍體，大兒子手中的那塊似乎是狗頭還滴著血呢！詭異的氣氛籠罩在四周，阿德頓時全身無力，而旁邊的夫妻樹，卻在此時傳來咻咻地尖嘯聲。

剛離開的陌生人，一個接著一個走向崖邊後便一個接著一個跳了下去，最後一個人還詭異的回身一看，才往下跳。久候的許太太，此時也已不耐煩的自帳篷中探出頭來：「老公！你搞什麼啊？」老婆看到眼前的景象，驚叫了一聲就昏倒在地。

小智發現了跌坐在地上的爸爸，便說：「爸爸！你起來了啊！吃塊烤肉吧！」說完，把手中那塊仍在滴著血的狗肉，往許先生面前送過來。

「全給我過來！」不知道哪來的勇氣，許先生大吼一聲。頓時，夫妻樹的尖嘯聲停止了，三個兒子從出生至今，誰也沒見過父親發過如此大的火，這麼生氣，手上的烤肉紛紛掉落在地。

阿德順手把掛在帳篷上的毛巾拆下，往大兒子的身上扔去。「嘴巴和手擦乾淨，全部給我進到帳篷裡！」下完命令，許先生便扶起昏倒的老婆走入帳篷內。稍做休息之後，老婆清醒過來在帳篷裡霍地坐直了身子。

「老公！老公！兒子呢？」

「不是在睡覺嗎？」許先生換了個姿勢，拉拉棉被。許太太看見了三個兒子躺在帳篷一角，這才拍拍心口，喃喃的說：「還好！只是一個夢而已。」

這個祕密，許先生始終沒有告訴老婆，這三個兒子至今也仍認為他們吃的是烤肉。

然而他們始終不明白，為什麼經過那次的露營之後，父親見到狗就會嚇得手腳發冷？這答案，當然只有許先生心裡明白。

健忘的人們，如今夫妻樹依舊矗立在中橫的山崖上，遊客依然絡繹不絕，而詛咒還是存在，下一個中大獎的人會是誰呢？或許是太過好奇的你吧！

奪命山洞

這是多年前朋友告訴我的，有些細節已不太清楚……

我的這個朋友年紀比我大了將近十歲，他們在大學時期很盛行與別校異性同學的聯誼，這個故事就發生在某次的登山活動。

那一次登山有八個人參加，經過一段時間相處後，大家已沒有初見面時的拘束，再加上年輕人愛玩的天性，很快的大家就打成了一片。

就這樣走走鬧鬧的，來到了一處山洞的入口，領隊正覺奇怪當初探路時並沒有這樣的一個山洞存在啊！

由於附近都沒路了，想要繼續登山就只有穿過這個山洞，在徵求了每個人的意見後，大家決定就繼續走下去吧！

進入山洞後，只覺得陣陣的涼風迎面而來，山洞裡的溫度實在讓人覺得進入了另一個世界，再加上牆壁上的岩石像極了一顆顆嵌進去的人頭，好像隨時都有可能向你撲過來，弄得大家心裡毛毛的，其中一位長髮女孩還打趣的說：「這該不是真的人頭吧！」

就這樣走著走著，倒也讓他們走到出口了，洞外的風景果然美不勝收，領隊讓大家自由活動，一群年輕人像是脫困的鳥兒敞佯在大自然裡而遺忘了下山的時間。

山上的天氣瞬息萬變，不一會的工夫四周就已烏雲密布，隨時都有可能下雨的樣子，領隊說：「該回去了，報數，點個名吧！」

「1，2，3，4，5，6，7，8……9，哈哈哈……」

「不要鬧了，重來一次！」領隊以為大家在跟他開玩笑。

「1，2，3，4，5，6，7，8……9，哈哈哈……」

「叫你們不要鬧了，快下雨了，該回去了。」領隊隱隱約約的覺得心中的不安，這時天空真的下起了滂沱大雨，領隊顧不得心中的疑問，催促著大家趕快趕路。

就這樣，一路跑到剛剛的山洞前，說也奇怪，雨停了，但只見一陣陣的濃霧由山洞口向四方飄開。

「大家手牽著手通過好了，記得不要脫隊了！」領隊這樣告訴大家，這時大家才覺得說好像有點不尋常了。

濃霧稍散了以後，一群人就這樣手牽著手，一句話也不敢說的進入山洞，四周隱隱約約的人頭像岩壁，彷彿想要掙脫出來一般，讓大家更加的害怕，女孩子不由得全哭了出來。

「啊……」隨著一聲慘叫，大家才驚覺走在後面的長髮女孩脫隊了，取而代之的竟是她的一聲哀號。

長髮女孩整個人被拉進了石壁，半邊的頭髮被扯掉了，一道道的鮮血順著石壁流下。

大家看了不由得全呆掉了，趕緊沒命的往洞口奔跑，身後還傳來長髮女孩一聲聲虛弱的「救…我…救…我…啊…求…求……你…們……」但是誰也不敢回頭。

等到他們下山後，再找來當地的警察上山，卻再也找不到那山洞了，長髮女孩就當她是失足摔入山谷死亡而無法搜尋。

山中精怪

某夜，一位當了兩年兵退伍的朋友跑來找我，跟我敘述他在軍中遇到的詭異事件：

我當兵時是在陽明山上的某陸軍營區，營區四周都是亂葬的墳地。很多軍營都是建在這種地方，所以怪事特別多。

當過兵的人都知道，業務士簡直不是人幹的，白天要操，晚上人家休息時還得辦業務，衛兵也沒有少站。

有一天，兩個業務士辦業務辦到午夜一兩點左右，看了看錶發現快接衛哨了，便出了辦公室沿著運動場跑道想買瓶飲料喝喝就去接。

一走過康樂室的轉角眼前就出現了奇怪的畫面，怎麼飲料的自動販賣機會晃來晃去的。定睛一瞧，看到了一個白色霧狀的人形在拍打著自動販賣機，他們倆一看差點沒嚇暈過去，而其中一個修練過密宗法門的弟兄說道：「我來捉捉看！」說著便念起法咒。

那團霧氣一見到人影便咻的一聲，鑽到販賣機底下，雙方僵持了一兩分鐘左右，又見那團霧氣以高速鑽出販賣機底下，從小走道飛奔而去。

之後他們兩人上哨，連長去查哨，一提起這事，連長說：「怪不得剛剛我在康樂室打電動玩具時，突然一陣寒意，看到一團光從窗旁閃過。」

後來聽那位修練過的同袍說起此事，他說：「那是山魈！他道行還不高，修煉人形還不完全，所以我才敢放膽試著捉捉看。要是成了人形，我們見了就要快跑！」

北宜不歸路

介於宜蘭與臺北之間的北宜公路，自日據時代就是蘭陽平原與臺北之間的交通要道，由於公路穿越崇山峻嶺，道路曲折異常，自開路以來此條公路便有一奇特封號：「九彎十八拐」，行車於此難度可想而知，因此此地也就常常成為某些車輛的不歸路。

這條道路上，兩旁竹林樹木叢草高可遮天，視線幽暗，屢屢驚聞棄屍與車禍，故道路兩旁水溝中，終年都堆積厚如落葉的冥紙，行車至此地，往往捲起陣陣「冥紙」，初次見此情景，甚至會誤認為是風掃落葉之美。白天行車於此，就如此之幽暗恐怖，一路上照明設備不多，如非必要，夜晚少有人單獨行車於此。

有一夜，某甲因為有急事欲從臺北趕回宜蘭，而此條路又是行車進入蘭陽平原最快之捷徑，雖早已耳聞此條道路的怪力亂神之傳說，但某甲想：不會這麼倒楣吧！於是就啟程上路了！

這是一個夏天晚上，夜晚還算涼爽，某甲一路開車聽著廣播節目，直往蘭陽平原飆去，過了坪林後開始下坡進入蘭陽平原，眼見平原夜晚燈火稀落，如天上繁星倒映在地上般，某甲的心情也更加輕鬆。

嗯，奇怪了？怎麼這個地方路好像怪怪的……漸漸的某甲開始將車速慢下（由於某甲常常於白天跑這條公路，故路況相當熟悉，哪個地方是一百八十度彎道，都瞭若指掌。）

奇怪，明明該彎了，為什麼路好像是直的？漸漸的，某甲明瞭了，不由得背上汗毛直豎，全身雞皮疙瘩都起來了。某甲於是心一橫，將車子往路邊開慢慢停了下來，拿起車上的平安符緊握於手上，緊閉雙眼口中直念「南無阿彌陀佛」。約十分鐘之後，他鼓起勇氣下車查看，天啊！前面好像是溪谷，真是驚險，如果繼續開過去後果簡直不堪設想。

當他準備轉身回車內繼續開車離去時，差一點沒將晚餐都吐出來，他腳下正踩著一個畫著「人形的白線」，還夾帶著一灘血跡！某甲手忙腳亂跑回車上發動車子要逃下山，「鏗鏗！」引擎就是不聽話！越是如此越令某甲感到毛骨悚然。

「鏗鏗！」轉動鑰匙再發動看看，無奈引擎就是不爭氣。

「鏗鏗！」謝天謝地車子終於發動了，但卻又發現大燈不亮，管它三七二十一，某甲一路上就以路中央突出的標誌為指標，好不容易才告別了心驚膽跳的北宜公路。

在此之後，某甲仍會不時遭遇大小不斷的事故，一直到尋求高人做了法事之後，才擺脫噩運。

辛亥隧道驚魂記

這天幾個高中生相約去夜遊，總共是七個人，四輛機車。當他們一群人要通過台北市有名的辛亥隧道時，已經是凌晨一點鐘左右。因為共有七個人，所以有一輛機車沒有載人，只有那個同學自己騎。

因為那個同學的車是新車，不敢太用力催油，一路上都慢慢的騎。要通過辛亥隧道時，其它三輛車都很快的騎了過去，一路嘻笑狂飆而去。最後那一個騎新車的同學，因為愛惜新車的緣故，還是以時速三十到四十公里的速度經過。前面三輛車的六個人過了隧道之後，便在遠一點的地方等待最後的那一個同學。過了將近十分鐘，那個同學都沒有出現，大家開始有點疑惑。

不久，終於看到那個同學騎出了隧道，但速度出奇的慢。而在那個同學一出隧道口時，忽然之間他就連人帶車倒了下來。

一群人連忙過去把他扶起來到一旁去。只見他全身發抖，問他究竟發生了什麼事，他遲疑很久以後才說：「我剛剛騎到隧道裡以後，因為你們比較快，所以我一下子就沒看到你們了。可是過了一會兒我感覺到有個人坐上我的車，用手抱住我，並慢慢的靠近我的耳邊，輕輕的說：『再快一點嘛……再快一點嘛……』」

怨靈油紙傘

相信大家都試過早上上班時，天氣明明好得很，風和日麗，陽光普照，但到下午接近下班之際，又忽然傾盆大雨下個不休的，如果你遇到這情況，你會留下來等雨停才走？還是隨便拿一把同事或客人留下的雨傘暫用？

我在此奉勸大家一句，千萬不要亂拿別人的雨傘，尤其來歷不明的。當你看完以下的故事，你就會明自我說的一切了。

話說早在八〇年代末期的香港，在銅鑼灣區有一間時裝連鎖店，這時裝店無論外型與品味都走在時代尖端，時髦男女，都以逛這名店為時尚。試想想，一家坪數不小的商店，分上下兩層樓，有ＤＪ在播放音樂，再加上新潮的門面裝修，在香港當時也只此一家。然而新潮並不等於沒有怪事，反而在此發生的怪事，真是多不勝數，但印象中最深刻的，要算是這個故事了。

記得當日也是太陽很猛烈的一天，早晨上班時已曬得滿頭大汗，但不知為何接近傍晚就大雨滂沱、烏雲密布。大家都擔心了一會兒心想下班怎辦呢？晚上安排好的節目可能要取消了。然而，大雨並沒有因為時間的關係而減弱，反而是越下越大直到下班時間。

一大群職員走進員工室換衣服，也順便在一個大圓筒裡找雨傘。這些多出來的雨傘也不知是誰的，有些是平時員工忘了帶走，有些是顧客遺留下來的，總之大家也沒有時間研究，反正順手就好，各人擾攘一番，拿了雨傘就急急的離開公司了。

怪事就從這天開始了。

話說其中一位女同事阿芬，當晚在千挑細選之下，竟選了一把中國味十足的油紙傘。大家不要以為是在編故事，又或者你會問現在哪有人會用油紙傘？不過在那個年代，油紙傘和藤籃都是潮流的物品。

言歸正傳，再說阿芬當晚回家，一如平常一樣，吃過晚飯看電視，疲倦了就上床睡覺。剛入睡的時候，夢境就出現了。夢中煙霧彌漫，空中漫撒紙錢，跟著出現了一個長髮披肩，身穿白衣的女人。女人由遠處飄近，然後對阿芬說：「你為何拿了我的雨傘，快點還給我！」同時露出一個非常憤怒的樣子。

阿芬被這夢境嚇醒了，坐在床上擦著渾身冷汗，然而白天的工作實在太倦了，很快她又進入睡鄉。但不知怎地，同一樣的夢境又再次出現，就這樣兩三次，她也開始發覺事情不是發惡夢那麼簡單了，再也沒有辦法將惡夢驅走，只好眼巴巴的坐在床上等天亮。

第二天，阿芬很早就出門了，當然整晚沒睡覺，除了帶著一對熊貓眼，最重要帶回那把油紙傘，她滿以為把雨傘放回原處，應該就不會再做惡夢。

事實卻非如此，當晚吃過晚飯，很快就上床睡著了，同樣的夢境，同樣的畫面又再出現。最恐怖就是自己手腳在掙扎，但人就好像動彈不得，醒不過來，就這樣差不多一個星期了，阿芬因睡眠不足，人變得十分憔悴，跟她要好的同事都略知一二，但也沒有人能幫得上忙。

更嚴重的是這個星期裡，她每晚驚醒後，都發現一大撮頭髮脫落堆在枕邊，這麼一來整個人都快崩潰了，甚至於連班也不能上。家人都以為她因工作壓力太大，再加上晚上失眠，又或者營養不良，才造成這所謂「鬼剃頭」的現象。

看了醫生請了幾天病假就算了。但之後的幾天，病情並沒有好轉，除了失眠和掉髮，人還開始間竭性的語無倫次。幾天的病假很快就過去了，阿芬因病情急轉直下，根本不能上班，店經理除了向她家人慰問之外也幫不上忙。事情的始末，經理也略有所聞，思前想後唯有鼓起勇氣將事情跟老闆和盤托出。

其實，經理心想這麼詭異的事情，尤其發生在公司，是否應該跟老闆說呢？但不說實話，又如何解釋阿芬要請那麼多病假？但老闆聽了之後，不但沒有責罵半句，反而很快的就安排了一個道士來做法事。莫非他也知道有些不乾淨的東西在店內？當時大家都是這樣想！

這天晚上關了店門，老闆命令各同事都要留下來拜祭。大家心想這麼晚拜什麼神，拜鬼就有份，於是很多人就在很不情願之下見證了這場法事。法事開始時，外面也下著大雨，令到現場的氣氛加上了幾分淒怨，除了雨聲和道士口中念念有詞的聲音，沒有人敢發一言，也不敢隨便走動。

法事進行了十五分鐘，道士就走過來跟老闆說：「這地方眾集了不只一個靈界朋友，不過請放心，今晚我一定把他們收服。」語畢道士又回到原位，手拿一把木劍向左右揮舞著，好像要把只有他才能看見的鬼魂一一制服。

又過了十分鐘，滿頭大汗的道士突然問了一句：「你們這裡是否有一把油紙傘？麻煩把它拿出來。」大家都愕然，他怎會知道？但也沒有人敢離開大夥獨自走入休息室拿那把油紙傘。

最後這個不幸的任務當然由經理來做，大家都知道，油紙傘跟自動傘不同之處是自動傘一按就彈開，但油紙傘就一定要人手去打開的。奇怪的是，油紙傘交到道士手上的剎那就自動打開了，立即還刮起了一陣寒風，更恐怖是油紙傘彈開後，居然有很多頭髮從傘內飄出，令在場的人個個都毛骨聳然。道士叫人搬了個大鐵筒出來，先是放了些金銀衣紙紙錢之類的冥鏹進去燒，跟著就把雨傘也放進去。這時鐵筒冒出青藍的火焰，在場的人還聽到幾聲淒厲的女人哭聲，好像很辛苦似的。

最後，大家都捱過了這畢生難忘的一小時，雖然之後也沒有其他古怪事發生，但可憐的阿芬辭了職後就沒有再見到她了，傳聞她要看精神科，還在精神病院住了幾個月才能回家。

但整件事最令人摸不著頭腦的是，到底那油紙傘是從那裡來的呢？到底誰是物主？事隔多年仍然沒有答案。

4

農曆七月鬼事多

中元普渡這一天，鬼魂幾乎傾巢而出，無所不在，尤其是普渡法會的現場，肯定是「鬼」滿為患。

所以在中元普渡時，最好謹言慎行，除了忌說「鬼」字之外，也別口不擇言胡亂說話，小心鬼魂就在你身邊！

遠離惡靈糾纏須知

我們常聽說有人在荒郊野外、廢棄空屋中遭遇靈異事件之後，就難以擺脫惡靈糾纏。在此教各位如何防範這種麻煩事：

- 如果你覺得你好像殺了怪物，千萬別回去看它到底死了沒。
- 如果你發現你的房子所在地曾經是墳場或醫院，曾經有人在這裡發瘋或自殺，或有人曾在你家裡做過召鬼儀式的話，趕快搬走。
- 不要大聲朗誦召鬼的書，甚至笑話。
- 不要玩碟仙或靈魂出竅的遊戲。
- 不要去地下室探險，特別是幽冥之力剛釋出的時候。
- 如果你的小孩子用拉丁語或任何他們不應該知道的語言或是用別人

的聲音與你說話時，馬上求助大師，長痛不如短痛。注意：治療他們可能需要花點時間，所以要有心理準備。

- 如果你們人多勢眾的話，絕對不要成雙或單獨去探險。大體來說，不要拼湊任何可能會打開地獄之門的拼圖。絕對不要站在墳場、墓地、地窖、陵墓或任何死人住所的上面、下面、旁邊或附近。
- 如果你在找尋奇怪聲音的來源時發現那只是一隻貓，馬上離開那裡，如果你還想要活命的話。
- 如果家裡的器具開始自己會動，立刻搬家。
- 不要從死人身上拿走任何東西。
- 如果你發現荒蕪的城鎮，這一定有著某種不為人知的原因，遠離此地方為保身之道。
- 不要隨便把玩能混合DNA的高科技機器，除非你清楚知道自己在做什麼。
- 如果深夜裡你的車子開到一半沒油了，不要到附近的人家去尋求幫忙。要留意身上帶著鋸子、釘槍、鐮刀、電鋸、割草機、斧頭、焊槍，或是拿著任何死人做的東西的人。

- 如果真的遇到不幸的話，絕地求生的最後法寶大聲念道：「南無阿彌陀佛」吧！

招鬼遊戲，後果自行負責

史上絕對不能玩的三個招鬼遊戲如下：

一、鏡子鬼

三個女生兩個男生，尋找一個有大鏡子的房間，保證距離是能夠看到所有人的位置上。

男生要分開，圍成一個圈，記好鏡子的位置。站立一會兒，到接近午夜的時候開始繞圈，由女生開始向前面的一個人的脖子上吹氣，不要發出太大的聲音，依此類推，同時不停的繞圈走。

當有人感覺到脖子上被人吹了兩口氣的時候，要說「來了」，同時背向鏡子，其餘四人一起看鏡子裏面，多了個什麼。

切忌：不要中途偷看鏡子。不管看到了什麼，不要逃跑，要大家一起說「去」，並轉身。最好有一個人做領隊發佈這樣的號令，如果是領隊背向鏡子，生死全靠大家自己了。

據說是看到五個人面對鏡子，也有說六個人，也有說到處都是人，也有說不是人。當然，也有那種無法正確描述出看到了什麼的人。

二、進門鬼

六到十個人，女生多尤其好，找一個背陽的房間，於天黑之後全體進入，大家編好號碼，以抽籤決定較佳。

可以點燈，屋外也可以點燈，但是屋外不能來往人太多。由一號首先開門出去，再關上，面對門默數十下，敲三下門，由二號開門讓一號進來，再出去，再關門。依此類推。在開門關門的時候，屋內人不要喧嘩，不要靠近門，五步外較佳。

必須注意的是，當某一號給某一號開門的時候，在門外的某一號身後有什麼。

切記：如果看到門外的某一號身後有什麼，切不可關門，否則門外的人有性命之危；大家看到該東西後，不要四散跑掉，要一起向門外吹氣，直到看不見該東西為止。門外人切不可回頭，開門者切不可離開門旁邊。

看到的東西就是門外人上輩子所欠的罪孽，如果出現了，門外人今生要注意保護、愛護該類人或物，方能補前世罪過。

三、吃糧

十人以下，男女各半，蒸白米飯一碗，碗用老舊的尤其好。殺雄雞一隻，淋血於飯中至與飯齊。眾人圍成一圈，繞飯行走，並口中或心中念：過往神靈，請來吃糧；若吃我糧，請解我難。不時，碗中雞血漫出，立即鋪白紙於地下，全體背過身去，一人提出問題，什麼都成，聽到碗破裂後，可以回頭看紙上內容。一般是用雞血寫成。

切忌：在問問題後，在碗沒有破裂之時回頭；看完紙上內容要立即到十字路口焚燒，碗和糧要深挖埋至背陰處。

不要讓其他人看到紙上內容，不可透露紙上內容；其餘人不可偷看紙上內容。據說：紙上有解答但是也有條件，最嚴重是幾天死。一般鬼吃了你的糧不會提太過分的條件，但是鬼也是冒了風險的，所以，如果你不執行或者沒有達到它的條件，後果就很難說了。

這三個遊戲因為方法簡單但是出事太多，已經沒有人敢玩了，如果看到的人非要試驗一下。生死有命，本人不負任何責任。

租屋十大不可

房價居高不下，租房子成為許多人尚無能力購買房屋時解決居住問題的最好方案，然而，租房子有許多要小心的事情，以免入住凶宅惹禍上身！

一．不可貪便宜

低於行情之屋子，必有不利於市場及租方的條件。如屋子在風水上不利於住人，曾經死過人或結構有問題等等。

二．不可住舊屋

屋子太老，過去必承受太多人間怨氣，久住則易受影響。

三．不可見符紙

屋內如看見符紙，不管房東如何解釋，最好都不要住進去。

四．不可鄰病家

如屋內有病人，或與房東合住，房東家中有人久病或重病之人，最好都不要搬進去住，免得惹穢氣上身。

五．不可近廟神

屋內有神壇，或屋子緊臨廟宮神祠，因為陰氣太重都屬陰煞之地，一般人最好不要太靠近，否則輕則運勢低落，重則大病喪身。

六．不可近墳場

屋宅最好不要靠著墳場，最好要有一公里以上的距離，如屋宅四周人氣旺盛，倒還不至於犯到煞氣；如屋宅靠墳場太近，四周又荒無人煙，最好不要住進去為妙。

七．不可住暗宅

屋宅太暗，容易招邪；白天開窗但屋內仍然陰暗之宅，屬陰氣過盛而陽氣不足之地，一般人最好少住。

八．不可生邪念

邪念滿心，神亂無主之人，即使在廟中，也會招來鬼邪近身，更何況住在來歷不明的屋子。一般來講，出外租屋的人，在慾求不滿、迷惘、失戀、情緒低潮時，是最容易撞鬼的；因此，保持心靈純正，才是避邪保身之道！

九・不住孤宅

所謂孤宅，是指屋宅四周只有你一間屋宅；或者一棟大樓裡，只有你一戶人家；因人少陰氣盛，也不利於人。

十・不靠深山惡水

租屋最好不要在深山惡水邊，因為這些地方容易聚集死於意外的孤魂野鬼；就地勢來說，也是鬼氣勝過人氣，除非是一家人共住，否則單人獨住，易招邪物。

鬼月十大禁忌

農曆七月俗稱「鬼月」，七月半（十五）俗稱「鬼節」，忌諱也特別多，您知道哪些禁忌萬萬不能觸犯嗎？

鬼月護身祕訣大公開，讓你瞭解各類鬼月禁忌，學會正確拜拜方式，趨吉避凶，永保安康！

一、忌半夜晾衣服

濕衣服容易讓游離的電波黏著在上面，不容易脫身，在鬼魂四處出沒的鬼月裏，半夜裡晾衣服就像是在設陷阱抓鬼，它不找你麻煩找誰？

二、忌披頭散髮睡覺

在鬼月，到處都是在外遊蕩的孤魂野鬼，如果披頭散髮，小心被它們誤認為同類，硬要叫你一起來聊天。

三、生理期的禁忌

民間認為婦女在生理期間身體不潔，諸如動工、祭祀等事情都不宜在場觀看，以免觸犯神靈，導致不幸，或使得工事無法順利進行。

姑且不論這種說法有無根據，但女性在生理期間真的會因為身體狀況導致自身磁場不穩定，容易受到其他強大磁場的影響，所以還是要多謹慎。

四、忌半夜慶生

七月生的人有點可憐，在晚上慶生時多半會出現一些不認識的「人」一起唱生日快樂歌，還是改到白天慶祝比較好。

五、忌捕捉蜻蜓及螽斯

民間認為這兩種昆蟲是鬼魂的化身，胡亂捕捉它們，小心引鬼上門。

六、忌說鬼字

中元普渡這一天，鬼魂幾乎傾巢而出，無所不在，尤其是普渡法會的現場，肯定是「鬼」滿為患。

所以在中元普渡時，最好謹言慎行，除了忌說「鬼」字之外，也別口不擇言胡亂說話，小心鬼魂就在你身邊！

七、忌亂踩冥紙

冥紙是獻給鬼魂的祭品，在焚燒時，鬼魂們會聚集在旁邊搶拾，如果你在焚燒冥紙的時候亂踩亂跳，難保不會阻礙到它們的行動，鬼魂們生氣之餘，自然會對你不利。

八、忌亂拍他人肩頭

這項禁忌跟民俗有關，民間認為每個人身上都有三把火，聚在兩肩及頭頂上，會讓鬼魂不敢近身。因此，在鬼魂最多的中元普渡時隨意亂拍他人的肩或頭，豈不是想要拍熄對方的火，讓鬼魂找他的麻煩嗎？

九、拜門口

七月初一，「鬼門」一開，所有獲准可以返回陽間探親的孤野鬼，將會自陰間一湧而出，四出搶食供品。

因此，在鬼月的第一天下午，家家戶戶都要在自家門前擺供祭祀，稱之為「拜門口」。由於只是讓途經的好兄弟小歇吃食，祈求它們別入屋侵擾人家，所以不用提供太過豐盛的供品，通常只需做到下列的幾件事即可。一、供拜五味碗、糕、粿。二、在供品上各插一柱香，並祝禱好兄弟們享用後繼續上路。三、焚燒若干銀紙及經衣。

十、放水燈

早年的放水燈活動，多半都是將水燈放入河中，所以又叫作「河燈」。因為當時的河燈多半是用木片或紙片做成蓮花型的底座，將蠟燭放置在蓮座中順流而下，所以也叫作「蓮花燈」。

「放水燈」的原始用意，是體恤淹死在水域裏的亡魂，怕它們找不到路回家，所以特別在普渡前一天晚上，盛大舉行「放水燈」的儀式，希望能藉由「水燈」的帶領，讓亡魂們得以循著水燈返回陽間享用普渡祭品。

話說三十六種鬼

農曆七月，中國習俗上稱它為鬼月，謂此月鬼門關大門常開不閉，眾鬼可以出遊人間。中元普度的普是普遍的意思，度是廣度墮落三惡道的眾生早日離開，超登三善道，甚至超生西方極樂世界去享受大樂。

所謂三惡道是指畜生道、餓鬼道、地獄道。三善道是指天道、人道、阿修羅道。

每逢農曆七月十五日，不管佛教還是道教，到了這一天，都會舉行「普度」，希望大家都能夠以慈悲心來同情一切生靈的性命，不要亂殺害，可以用香花、水果、素菜等來供奉祭祀普度，這才不會辜負釋迦佛祖的慈悲心及目連的大孝心。否則，明明是普遍的救度生靈早日超生的善舉，卻演變成了普殺的日子，那是多麼可悲之事。阿彌陀佛！

鬼的種類很多。在正法念經所記載有三十六種之多，今介紹如下文：

食氣鬼：凡是身體虛弱，或病重的人，應有人守護，否則為此類乘機而入，吸取其氣，人就會死亡。

食法鬼：常於世人勸善之處，聞說善法，就會覺得不餓。

食水鬼：常在陰溝或水邊，以水以食。因此，幼小孩童，不宜在陰溝或水邊遊戲。

食血鬼：常在屠宰場，或殺雞殺鴨殺蛇等一切殺生之屠家，或牲畜肉類市場的黑暗處，以血為食，尤喜食人血。對於婦女的月經更感興趣，請婦女特別注意，妥善處理，不可亂棄，免結鬼緣。

食吐鬼：喜歡與飲酒的人親近，誘其酩酊大醉，伺其嘔吐而飽食惡氣。

食糞鬼：經常潛於堆糞黑暗之處，食其糞氣。

食唾鬼：喜歡親近有吐痰習慣的人，每聞咳嗽聲及痰喘口唾之聲，非常高興，伺其唾痰而食之。

食髮鬼：喜食嬰兒胎髮與此嬰兒結鬼緣。因此，每於男女嬰兒第一次之胎髮，不可乘方便隨意亂丟，應當妥為處理。成人之頭髮，尤其是未婚女子的的秀髮，此鬼最喜。理頭髮當於室內，並以火焚化，免為鬼食，結上不善鬼緣。

無食鬼：經常找不著自己想吸食之物，常感到饑苦難受。

希惡鬼：專門盼世人為惡，此種鬼的精神就會感到滿足。

食肉鬼：專門吃動物死臭的屍體傳染毒菌。因此，對於動物死屍，不可亂拋於垃圾桶或水溝、髒亂之處，以免鬼食。

食小兒鬼：此鬼吸其小兒之氣血，因此，小兒入晚即回家，出外必須與大人同行。

伺嬰兒便鬼：此鬼對嬰兒之便，甚覺香美，時常窺伺，希得食嬰便，與此嬰終身結緣。所以，為人父母者，必須將嬰便收拾於廁所內。

伺便鬼：專門吸人類之大便熱氣。因此，人類不宜在有露天便池及破露的廁所上大便，以免結此鬼緣。

食人精氣鬼：專門伺候有病苦的人，生命垂危時，吸取人之精氣。

火爐燒食鬼：伺於火爐食物，吸其食物氣味。

熾燃鬼：生前為人時，妒心太重，死後入熾燃鬼類，經常感到烈火中燒之苦。

食香鬼：專門喜歡親近身上有塗抹各種香氣的女人，吸其香氣。

地下鬼：專門居住於地下洞穴或黑暗之處，尤其陰濕地方。久之漸生疫氣，不利於人類生活。

疾行鬼：於夜以身靠牆而橫行，足不著地，頃刻千里。

護身餓鬼：其身體貌俱黑如鍋底。喜親近衰敗人家，喜歡懶惰婦女，不為灶事，以便棲身於冷灶之內。

針口餓鬼：肚大喉細，口如針孔，遇飲食不能下嚥，饑火中燒，痛苦不堪。

神通鬼：此為鬼中之精靈，專門假借人之靈氣，說神話，做鬼事，誘惑世人入迷崇邪，漸離人道，而行鬼道。

欲色鬼：此鬼常與好色之徒親近，祟人邪淫，而鬼得食淫污之物，遇人懷孕，鬼緣投胎，生為人，男喜貪淫，女則為妓，以淫亂人道。

住海渚鬼：此鬼常住海水中之小沙洲，伺機取其替代。

使執杖鬼：地獄之一切鬼吏，專執目杖，對犯鬼執行刑罰。

住不淨巷陌鬼：凡是小巷陌弄，髒亂不淨、污濁不堪，臭穢不能令人居住之處，是此類鬼所居之處。

住塚間食熱炭土鬼：多住墓地，尤喜居古墓。吸食地上土炭熱氣。

樹中住鬼：此鬼多居住木中或樹下，有時顯其靈異，使世人愚迷，而呼之曰樹神。

住四交道鬼：此鬼喜住各處交通旁之陰暗或危險之處，專戲弄心中有惡之人，走失迷路及車禍。

曠野鬼：此鬼居於無人曠野之地，平原及山坡，森林山谷均有之。

食風鬼：常於夜間出來，吸納腥風而為食。

食火炭鬼：專取火炭之氣而食。

食毒鬼：凡地上之各種毒氣，均喜吸其而食。由於世人多用瓦斯，應妥為處理。

羅剎鬼：此為惡鬼的總名，黑身朱髮綠眼，極其兇惡。女性惡鬼的總稱為羅叉私。常現身為美麗婦女，為人不識其為惡鬼。

殺身餓鬼：此鬼多係自殺而生，專門尋找機會，助人愚迷而行各種自殺。

鬼道眾生，千奇百怪，當然不僅止於上述三十六種。因其鬼界，所受之果報不同，請各位諸惡莫做，多多行善，善哉！善哉！

水鬼找替身招術大公開

夏天一到，許多人喜歡在海水浴場或溪邊戲水，傳說中，水底冤魂也會趁這個好時機找個倒楣的傢伙來接替自己，以求早日投胎。水鬼找替身有一定的手法，如果能及時洞察危機的存在，就可以快樂出門平安回家。以下是水鬼們最常見的技倆，要提防哦！

第一、幻化成紅色的大鯉魚，引誘河邊的人去捉它，然後將人引入河裡最深的地方活活淹死。

第二、幻化成小孩喜歡的東西或玩具，讓小孩自己下水。

第三、乘婦女在河邊洗衣服，拖走衣服，將婦女引下水。（註：要去河邊洗衣服，千萬不要一個人去。）還有，並不是每次衣服被水沖走，都是水鬼弄的，所以要看清楚衣服的速度和動向。一般衣服被水沖走時，漂動很慢，而且很容易拿到，也不會往河中間漂，假如衣服漂動速度很快又是直接往河中漂，那麼千萬要小心了。

第四、在鄉下比較多，就是老人帶著自己的孫女或孫子去河邊洗東西，那時千萬不要讓年歲過小的孩子獨自在河邊玩，水鬼會變成帶小孩來的那個大人的模樣，將小孩拉下水。

第五、幻化成很奇怪，大多是我們沒見過的東西，利用人的好奇心下手。

第六、變成你感興趣的異性類型，坐在河邊哭，然後你走過去，他（她）會求你幫他（她）一個忙，就是叫你幫他去河裡找丟掉的東西。（這種鬼，一般都有很強的怨氣，可以變成你喜歡類型的人，利用你的愛心，完成他的「大業」。）

第七、幻化成熟透的各色水果或錢幣，各種昂貴的首飾之類有價值的東西，引誘人的貪心害人。

總結全部，提醒你自己千萬不要被自己的好奇心、貪心、色心以及放心等麻痺自己的思考。要知道，掉在河裡的東西是該不撿的，也請相信，世間沒有不勞而獲的東西。

防止中邪之注意事項

來自在靈界的鬼魅，總是伺機而動，趁人們陽氣不足、元神虛弱時作怪，使不少無辜者受害。究竟要怎麼做才能避免慘遭毒手呢？強烈建議你遵守以下幾點：

- 冬天的十二點以後不要玩一些鬼怪遊戲，因為冬天晚上戶外的人煙稀少，過了十二點陰氣很重。
- 不是童男童女的朋友，不要獨自出入僻靜場所。如要避邪者，用沾過茶米水的紅繩繫在手腕。身上帶五帝錢：順、康、雍、乾、嘉時期的錢幣。
- 不要擅自殺死狐狸、蛇、刺蝟、貓等動物，否則後果自負。流血時一定要注意不要把血滴在火裡！切記！夜間胸口不要靠近陰地的牆壁、地面。

- 走墓地、偏僻地時，不要念經文護身，小心激怒鬼怪，可以說些祭拜的話。
- 自家有喪事過後的九日內，不要去陰氣重的地方。
- 不要忘了，清明和十月初一要給陰間的人送「禮物」！
- 夜間不要獨自走黑暗小巷。住在偏僻地方的人回家的路上不要東張西望。有人拍你和叫你名字時，千萬不要回頭和回應。
- 八字輕的人，晚上最好不要出行。
- 帶護身符，一般要先到寺廟、道觀請師公開光，再把護身符帶在身上。沒開的不必再帶，帶上就不要摘下。
- 家中親人去世的應常拜，觀音菩薩之類的神像不要放到附近。（可能他（她）會在特定的時候回來看你們，給你們托夢和告訴些事情。放了那些佛之類的會有避諱。）

●出門在慌郊野外不要隨地在大石頭、怪骨頭、墓碑上撒尿、吐痰、因暈車嘔吐等。（以後你可能出現幻覺而發生災禍）

●如果在噩夢中有鬼侵擾，可以用木碗倒半碗水，再放入七顆飽滿無損的黃豆在床邊。此外，也可以把被侵擾人的鞋子一正一反放在床邊。

●出門回來有很好習慣的人，都拿毛巾或紅布什麼的在門外拍拍身子。（這一般都在農村出現，因為以前人們都在田裡工作到深夜才回家，而且以前死人是很平常的事。說不定那裡就死過人，屍體一直沒人動就腐爛掉，成了野鬼。所以他們回家都要拍拍身體，一是除塵，二是把趴在你身上的小鬼拍走。這樣你才不會常得大病或得災）。

●夜間出門在外遊玩（比如山裡）遇到的老人、女人、小孩子，不要搭理他們，不要擅自帶回你的住所，也不要告訴他們你的住所。他們如果遇到困難最好人多的時候幫，要是沒人可以去叫再來幫他們。如果只有你獨自一人的話，即使你熱心助人，也要避免背他，或叫他帶路等。（我想一般人要是出門在外的誰也不管了，早就閃人溜了。）

• 晚上不要在柳樹等樹下歇息；獨自在家時午夜時分不要趴到窗戶口向外張望；夜晚人少時在河邊也不要探頭探腦，尤其不要在河岸旁走動散步。

• 在外考察人員不要接觸女人，接吻之類的親密行為更千萬別做。因為人出門在外陽氣本來就少，接觸的人少陽氣更淺，如要再和屬陰的女人搞親熱就會喪失更多陽氣，這樣就會被纏身（你陽氣少了，鬼一定喜歡找你做替死者）而事後出現的意外會導致你身亡，別人看來就是你心臟病突發等正常的病而死，絲毫查不出什麼，鬼是侵佔你的大腦而使你喪命，他會控制意志薄弱的人們，而這些人往往就是失戀，家人去世而心理承受不住的人們。所以，出門在外若遇到光怪陸離的事情不必慌張，辨清事理就好。

驅鬼十一招

如果大家撞到鬼的話，這個驅鬼十一招會幫助你！要是你「活見鬼」了，你該怎麼辦呢？從古至今流傳許多驅鬼的方法，都十分傳神，要不相信，還不可能呢！現在介紹你「驅鬼十一招」，保你受用無窮！

第一招 佩玉：玉乃是吉祥之飾物，佩玉則百邪不侵。但要特別注意，可不要買到塑膠或玻璃的仿冒品！

第二招 倒放掃帚：在睡覺之前，把掃帚反過來靠於牆角，包準一睡到天亮。

第三招 破中指：本招完全是應急的方法，萬一手中沒有其他法寶，趕快戳破中指以血濺之！

第四招 紅線結：碗中盛滿乾淨的水，碗口外沿圍上一條打了活結的紅色絲線，擺在桌下或床下手，可煮沸一鍋油，好來個「油炸鬼」！

第五招 掛鍾馗像：民間傳說鍾馗是「鬼中之王」，最喜歡抓小鬼下酒，真是標準的「鬼見愁」！問題是鬼太多了，好意塞兩隻請客，那可怎麼得了！

第六招 古錢：將古代方孔通寶，不拘大小，以紅線懸於頸間，乃因古錢歷經萬人之手，可集眾人之陽氣，以抵禦陰間鬼魂。

第七招 掛八卦：在家宅的門楣上方掛上八卦圖，包準鬼魅不敢入屋。但有一點要特別注意的，如果你是買到外行人畫的，或自己為了省錢而自行畫了權充，連所謂的「乾」、「坤」都弄錯了。那可要倒大楣了！

第八招 斬雞頭：這可不是「選舉」專用的招術，若家宅不乾淨，殺雞時，一刀斬下雞頭扔過屋頂，也能驅鬼。這是古法，用在現代，住宅是高樓大廈，萬一是摩天樓，如果您能扔得過，那就是真的有鬼了呢！

第九招 唬：事先在手心用毛筆寫上「我是鬼」，這個道理和以人制人的道理是一樣的。

第十招 虎牙：除非，碰上的是棺材裡伸手死要錢的！虎能役使「倀鬼」，猛虎的尖牙更顯威力十足，因此經常可以看到項鏈的墜子是顆虎牙。可得檢查是不是被蟲蛀了，或者是假貨冒充，被不道德的商人用來「騙鬼」了。

第十一招 大喊救命：假如前面教的十招驅鬼妙方全部施展了，仍舊沒有效力，我們願意透露最後，也是最有效的一種快快閉上眼睛，深吸一口氣，運出丹田之力，然後……大喊救命！

冥界小百科

正所謂：「陰曹地府，有去路，無來路。」，在此，我順路給大家介紹一下冥界的一番「景色」。

鬼門關：進入陰間後便可看到一座城門，門上寫著七個大字：「幽冥地府鬼門關」。

森羅殿：進入鬼門關後穿過一條街就到了森羅殿，眾所周知，森羅殿裡住著十代閻王，他們是秦廣王、楚江王、宋帝王、仵官王、閻羅王、平等王、泰山王、都市王、卞城王、轉輪王。

幽冥背陰山：位於城後，此山乃是「荊棘叢叢藏鬼怪，石崖磷磷隱邪魔；一望高低無景色，相看左右盡猖亡；山不生草，峰不插天嶺不行客，洞不納雲，澗不流水；旋風滾滾，黑霧紛紛」。

十八層地獄：這是著名得不能再著名的地方了，具體位置是在幽冥背陰山後，這裡設立了十個衙門，每個衙門算做一層地獄。

奈河：這條河大家一定不太瞭解，這是鬼魂還陽的必經之路。河上有三座橋，金橋：天子高官等有很大地位的好人過這裡。銀橋：忠孝賢良光明正大的人過這裡。奈河橋：平生作惡多端的人過這裡。至於這奈河，是「陰氣逼人寒透骨，腥風撲鼻味鑽心」，所以金橋和銀橋是好人過的，自然有很好的保護，而奈河橋則實是「橋長數里，寬只三漁，高有百尺，上無扶手欄杆，永墮奈河無出路」。

枉死城：裡面都是些冤鬼，如果沒有判官帶路去還陽，路過這裡肯定被這些鬼給生吃了，如果身上有錢，則可以扔些錢給這些鬼，方能保得一時平安。

六道輪迴：這六道是天道、阿修羅道、人道、畜生道、餓鬼道、地獄道。

見鬼十法和防見鬼十招

見鬼十法

一、換眼角膜：換上死人的眼角膜，睜開眼，他們就在身邊。

二、跳樓：跳樓的瞬間，你會看到你不想看的。

三、杯仙：一個杯子、一張紙，大家將手指按住杯底，鬼魂便因號召而來，但請鬼容易送鬼難。

四、十字路口敲碗：傳說中十字路口是陰氣最重的地方，在十字路口敲碗可以引來餓死鬼。過程中不能停止敲擊，否則鬼便會看見你。

五、鬼捉迷藏：找一隻黑貓，在夜裡玩捉迷藏，鬼也會一起參加。一旦找不到某個人，把黑貓放出，跟著它走，便能見到鬼。但小心遇到鬼打牆。

六、屍泥塗眼：用埋屍體的土塗在眼睛上能看到鬼，但也有可能因此失明。

七、室內打傘：在室內將傘打開，會聚集陰氣，鬼魅現身。

八、半夜梳頭髮：午夜十二點對著鏡子梳頭髮，可以看到你想看的鬼。

九、倒著看：身體向前彎下腰，從兩腿之間向後看，你會看到另一個世界的通道。但是當你吸引到任何「過路客」的注意時，你必須馬上停止這個動作。鬼會誤以為你是準備要出生的胎兒，正邀請它來投胎。

十、裝死人：終極見鬼方法去死。穿上壽衣化好妝，假裝自己是死人，並準備一柱香，睡著後便能走進冥府，但切記要在香燒完之前回來。

防見鬼十招

一、司空不宜留蔭

在面相學上，司空乃發光之處，若額前留「蔭」遮及司空位，等於弄熄這盞明燈，黴氣、衰氣便會纏住你不放，靈體鬼怪也容易接近你，故司空位的頭髮最好剪碎或撥開。

二、逛夜街忌穿紅衣

夜晚外出，有兩大忌，一忌穿黑衣，皆因黑黑沉沉的顏色，鬼怪靈體最喜歡依附在此。二忌穿紅衣，紅色對於惡鬼來說，屬標新立異的顏色，容易惹起注意，愛逛夜街的男女要謹記。

三、戒鬼字掛口邊

「小鬼」、「衰鬼」、「鬼理你」、「活見鬼了」是不少人的口頭禪。記住，這類說話不宜多說，因發音磁場可能會觸及鬼怪。如果你常把「鬼」字掛口邊，實在要戒。

四、長走廊安燈

很多家居間隔都有長走廊，長走廊經常不見陽光，造成陰盛陽衰的局面，是鬼怪靈異最愛藏匿之處，所以若家中有長走廊，記得裝一盞長明燈增強陽氣，免得鬼怪停留不走。

五、爬山戴玉器

登山遠足是不錯的假日休閒活動，但由於高地濕氣重，加上很多動物死後，屍體腐化於此，無形中強化了負面磁場。不想見到「髒東西」，不妨佩戴一些玉器飾物，藉此增強個人的正面磁場。

六、別玩碟仙筆仙

年輕人愛尋求刺激，喜歡大夥兒玩碟仙、筆仙，從而預知未來事。事實上，如此直接與靈體接觸、溝通，日常很容易會感應到「它們」的存在。尤其發覺近來印堂發黑氣者，這類玩意更是大忌。

七、八卦擋邪氣

殯儀館是先人出殯的地方，長期彌漫哀傷氣氛，故負面磁場旺盛。家住殯儀館附近的朋友，建議在窗外掛一面八卦。當中的八個卦數代表正氣，正氣十足自然不怕邪氣入屋，靠近殯儀館都不必害怕。

八、探病先拜家神

若需要經常出入醫院探病，事前不妨先拜神，求個心安理得。

若然探望的病人是你的親戚，拜祭家神特別奏效；而倘若病人是朋友而非親戚，則可以到一般廟上香祈求神明庇佑。

九、住酒店忌尾房

去旅行住酒店，不少人都說尾房不宜住。這的確有根有據，皆因尾房通常日照不足，有欠陽氣，而靈體最喜歡流連此類陰暗之地，所以如果住酒店被分配尾房，不妨換房。

十、靈性號碼要避忌

至於酒店房間的門牌號碼也需留意，在風水學上，「二」及「五」均屬靈性的數字，故酒店房間尾數不宜有「二」或「五」，不然容易引起靈怪注意，時運低者便可能和「它們」撞個正著。

賓館旅社自保原則

另外，經常出差或者去外地旅行住旅館，一些要記得一些避忌方法。因為如果不注意，極有可能會被「好兄弟」盯上……

一、入門前：敲門、側身

到旅館入住的時候，開房門之前有門鈴要先按門鈴，沒有門鈴的話就敲個三下，然後進去之前要先側個身，表示對「好兄弟」的尊重。

二、進入後：開燈、沖馬桶、開櫥櫃、掀被拍枕

進入旅館房間之後要把所有的燈，包括檯燈、廁所……等等全部都打開，然後到廁所去沖馬桶表示把污穢都沖掉，接著要開櫥櫃，然後把被子掀起把枕頭拍一拍，這些動作都是表示告知「好兄弟」請他走開的意思。

三、就寢時：鞋子亂放、亮燈

睡覺的時候最好開個小燈可以避邪氣，也會帶給自己有安全感，另外鞋子不要整齊的擺在床邊，傳說如果擺的很整齊的話晚上「好兄弟」會穿著走，因此鞋子最好擺亂或者一正一反。

四、禁忌

在陌生的環境最好不要太鐵齒或者口出穢言，在有些旅館中會擺放聖經或者佛經等等，不要因為宗教不同就做出不禮貌的舉動。否則……

永續圖書線上購物網 讀品文化事業有限公司
WWW.foreverbooks.com.tw yungjiuh@ms45.hinet.net

鬼物語系列 07

屍殮：鬼影幢幢七月天

編　　著　鬼古人
出 版 者　讀品文化事業有限公司
執行編輯　廖美秀
美術編輯　MoMo-Li

總 經 銷　永續圖書有限公司
TEL／(02)86473663
FAX／(02)86473660
劃撥帳號　18669219
地　　址　22103 新北市汐止區大同路三段 194 號 9 樓之 1
TEL／(02)86473663
FAX／(02)86473660
出 版 日　2015年08月

法律顧問　方圓法律事務所 涂成樞律師
CVS代理　美璟文化有限公司
TEL／(02)27239968
FAX／(02)27239668

國家圖書館出版品預行編目資料

屍殮：鬼影幢幢七月天 / 鬼古人編著. -- 初版.
-- 新北市 : 讀品文化, 民104.08
面 ; 公分. -- (鬼物語系列 ; 07)
ISBN 978-986-453-003-8(平裝)

857.63　104011896

屍殮：鬼影幢幢七月天　（讀品讀者回函卡）

■ 謝謝您購買本書，請詳細填寫本卡各欄後寄回，我們每月將抽選一百名回函讀者寄出精美禮物，並享有生日當月購書優惠！
想知道更多更即時的消息，請搜尋"永續圖書粉絲團"

■ 您也可以使用傳真或是掃描圖檔寄回公司信箱，謝謝。
傳真電話：(02) 8647-3660　　信箱：yungjiuh@ms45.hinet.net

◆ 姓名：　　□男　□女　　□單身　□已婚

◆ 生日：　　□非會員　　□已是會員

◆ E-Mail：　　電話：（　）

◆ 地址：

◆ 學歷：□高中及以下　□專科或大學　□研究所以上　□其他

◆ 職業：□學生　□資訊　□製造　□行銷　□服務　□金融
□傳播　□公教　□軍警　□自由　□家管　□其他

◆ 閱讀嗜好：□兩性　□心理　□勵志　□傳記　□文學　□健康
□財經　□企管　□行銷　□休閒　□小說　□其他

◆ 您平均一年購書：□ 5本以下　□ 6～10本　□ 11～20本
□ 21～30本以下　□ 30本以上

◆ 購買此書的金額：

◆ 購自：　　市(縣)
□連鎖書店　□一般書局　□量販店　□超商　□書展
□郵購　□網路訂購　□其他

◆ 您購買此書的原因：□書名　□作者　□內容　□封面
□版面設計　□其他

◆ 建議改進：□內容　□封面　□版面設計　□其他

您的建議：

剪下後傳真、掃描或寄回至「22103新北市汐止區大同路三段194號9樓之1讀品文化收」

廣告回信
基隆郵局登記證
基隆廣字第 55 號

221-03

新北市汐止區大同路三段 194 號 9 樓之 1

讀品文化事業有限公司　收

電話/(02)8647-3663　傳真/(02)8647-3660

劃撥帳號/18669219　永續圖書有限公司

請沿此虛線對折免貼郵票或以傳真、掃描方式寄回本公司，謝謝！

讀好書品嘗人生的美味

屍殮：鬼影幢幢七月天